奎文萃珍

紅梨記

[明] 徐復祚 撰

文物出版社

圖書在版編目（CIP）數據

紅梨記 / (明) 徐復祚撰. -- 北京 : 文物出版社,
2022.7
（奎文萃珍 / 鄧占平主編）
ISBN 978-7-5010-7416-7

Ⅰ. ①紅… Ⅱ. ①徐… Ⅲ. ①雜劇－劇本－中國－明代 Ⅳ. ①I237.1

中國版本圖書館CIP數據核字(2022)第017768號

奎文萃珍
紅梨記 〔明〕徐復祚 撰

主　　編：鄧占平
策　　劃：尚論聰　楊麗麗
責任編輯：李子裔
責任印製：王　芳

出版發行：文物出版社
社　　址：北京市東直門內北小街2號樓
郵　　編：100007
網　　址：http://www.wenwu.com
郵　　箱：web@wenwu.com
經　　銷：新華書店
印　　刷：藝堂印刷（天津）有限公司
開　　本：710mm × 1000mm　1/16
印　　張：23.25
版　　次：2022年7月第1版
印　　次：2022年7月第1次印刷
書　　號：ISBN 978-7-5010-7416-7
定　　價：140.00圓

序　言

《紅梨記》，全名《校正原本紅梨記》，四卷，明徐復祚撰，明末刻朱墨套印本。明傳奇劇本。

徐復祚（一五六〇—一六三〇？），原名篤儒，字陽初，後改字訥川，號謩竹，別署破慳道人、陽初子、洛誦生、忍辱頭陀、慳吝道人等，晚號三家村老。常熟（今屬江蘇）人。南京工部尚書徐栻孫。諸生。萬曆十三年（一五八五）因鄉試被誣行賄作弊，纏訟達十年之久。遂絕念功名，杜門著述。擅詞曲，曾得戲曲家張鳳翼指點。撰有傳奇戲曲九種，今存雜劇《一文錢》，傳奇《題塔記》《宵光記》《投梭記》。晚年撰有筆記《三家村老委談》三十六卷，後人將其中曲論部分單獨輯出，題爲《徐陽初曲論》。

《紅梨記》傳奇據元人張壽卿《謝金蓮詩酒紅梨花》雜劇改編，共三十出，述北宋書生趙汝州與妓女謝素秋悲歡離合的愛情故事。北宋末年，山東解元趙汝州到汴京會試，聽聞教坊妓女謝素秋才美，數次訪之，均不遇。而謝素秋亦慕趙汝州的才名，一日遣使送新賦詩一首并邀約。汝州當即答詩一首，接受邀請。太傅王黼垂涎素秋美色，欲納其爲妾，因素秋于府邸。汝州如約前往謝家而未見其人，最後只得惆悵返回。後金兵來犯，皇帝派王黼到金營求和，王黼擬將家妓一百二十名贈與金人，素秋名列其中。看管素秋的花婆聞訊帶素秋逃往花婆故鄉雍丘。時趙汝州友錢濟之爲雍丘令，留素秋居于衙中西花園。時汝州亦到雍丘投靠錢濟之，同樣留宿西花園。錢濟之囑素秋與汝州交往時只能稱是園中王太守的女兒，素秋照辦。兩人于園中相會，素秋贈以紅梨花一枝，與汝州各咏《紅梨花詩》一首。後康王即位，朝廷重開選場，濟之催促汝州前去應試。此時汝州沉迷于男女之情，不願動身。濟之只得與花婆共同設計。花婆告訴汝州紅梨花爲女鬼，專意纏擾年青秀才。汝州驚懼，即日啓程赴考。至京考中狀元，授開封府僉判。赴任途經雍丘，拜會錢濟之。濟之與花婆等人向他道出實情。真相大白，趙汝州與素秋重偕花燭成婚。徐復祚《三家村老委談》云：『庚戌成《紅梨》後，遂燒却筆硯。』庚戌，即萬曆三十八年（一六一〇），是此劇當作于是年。凌濛初《譚曲雜札》評此劇云：『《紅梨花》一記，其稱琴川本者，大是當家手。佳思佳句，直逼元人處，非近來數家所能。』

《紅梨記》版本大體可分爲兩個系統：一爲二卷本，主要有明萬曆間洛誦生刻本，題《新鎸趙狀元三錯認紅梨記》；明萬曆間海陽范氏刻本，題《新刻趙狀元三錯認紅梨記》；明末汲古閣原刻初印本；汲古閣刻《六十種曲》本；清乾隆五十年（一七八五）環翠山房刻本。一爲四卷本，即此明末刻套印本。

此本前有玉蟾道人《題紅梨花傳奇》，其中有言『晟溪朗庵子爲之尋宫摘調，指事諧聲，染其漆，朱丹其穀，一振南音之雅，而掇以北音之劇，令南北不分曹而奏』。又有朗庵子《素娘遺照引》。朗庵子，即凌性德（一五九二—一六二三），吴興凌氏家族刻書家，字成之，號朗庵子。此本疑即凌性德刻。卷前有人物肖像（即『素娘遺照』）一幅及曲意圖十四幅，爲王文衡繪圖，劉杲卿鎸刻。版面清晰雋麗，綫條柔媚飄逸，爲吴興版畫名作。後附有元張壽卿《紅梨花雜劇》。

程仁桃

二〇二二年四月

題紅梨花傳奇

自博陵遇合而佳人才子遂夐
千古正以其無尤物情史亟出
雲雨長夜湯之千巧矣哉
紅梨花之遇合也女中素秋
男中伯疇先吳人口後合豈

城則何趙風流嫓崔張而兩之
然於宗不爲素秋伯膝而多
孟博其人也始終亞之嫓樽
能之令其作喜而作戚亡合
而作雖格真格俯驚倚鶩
誤所謂天下有心人非於博

之謂乎琴川逸士艷紅梨
之奇副以桃葉之歌詢足傳
矣然紅之則為花葉觀之則
而金蘭友知紅梨傳之傳也
非傳姻譜也傳友箴也第矣
徵聲度曲若以元劉北詩

酒紅梁而演之者于是嚴溪
朗庵子為之尋宮摘調指字
諧聲漆其漆朱丹乎轂一
振南音之雅而獵以北音之
劉令南北不分曹而奏矣曰
音之有南北自元始也今仍

元之舊已耳余笑曰我家昔塗山女候禹始作南音有娀氏候帝始作北音是音之有南北振古如斯獨元也乎哉若素狀之逕伯疇如何伯疇也遇伯疇也作塗山之音可也

作宵娥之音亦可也雖能度曲者汗牛而賞音者寥寥矣留之國儔吳之元美雲間之元朗松陵之伯英以暨吾浙故鄣之晉叔亦鮮矣是傳也不可同義仍之四夢日置案頭偶

婁子觀場道人故至以俳優視之余文願為吳琹之碎也已矣奚暇置喙南山之吳乎否

玉谿道人題于珠水山房

樂懷遺照

一

劉杲卿刻

素秋遺照引

昔唐子畏適明湖晚泊一烟渚攬衣而登步至一鄉落薜蘿遠迳流水一灣花木參差競秀遙韻殆非人間曰此何異苧蘿村獨不得一浣紗人睇之耳夜呈一美人見夢妖艷絕世容光照耀人曰恨生不與子同时遂致凡隨之姿銷沈千載不得與上陽昭陵諸美並

留遺照於人間吁嗟不已因詢其姓氏逡巡
答曰雖譜綴於東山而才慚於詠雪恍惚若
凌波而去子畏亦驚寤其明日欲蹤跡其所
夢而杳無所得訪之土人皆有一二知者云
宋有謝素秋曾避兵殞於此嘆曰洵哉洛川
巫岫殆非謬也古來尤物必不甘自湮沒其
顯靈異莫難如此因繪所夢宜追其所見爲

豈第彷彿至形似而已乎予今歲得紅梨閣之友人張茂安若琛此像為世寶購名筆往摹之神情意態無不一一通肖固不知於素秋何如而於予畏則自謂無憾矣

吳興阮庵子識

東墻花落
亞岫雲高
庚申孟冬
吳郡王文衡寫

溪鎖春光
一院愁

雕欄畔鸚鵡聲喧
畫簷邊蛛蜘塵纏

山踦崎嶇

他那裡載將愁
悶征車上
我這裡拾得凄
凉逝水肯

思憶

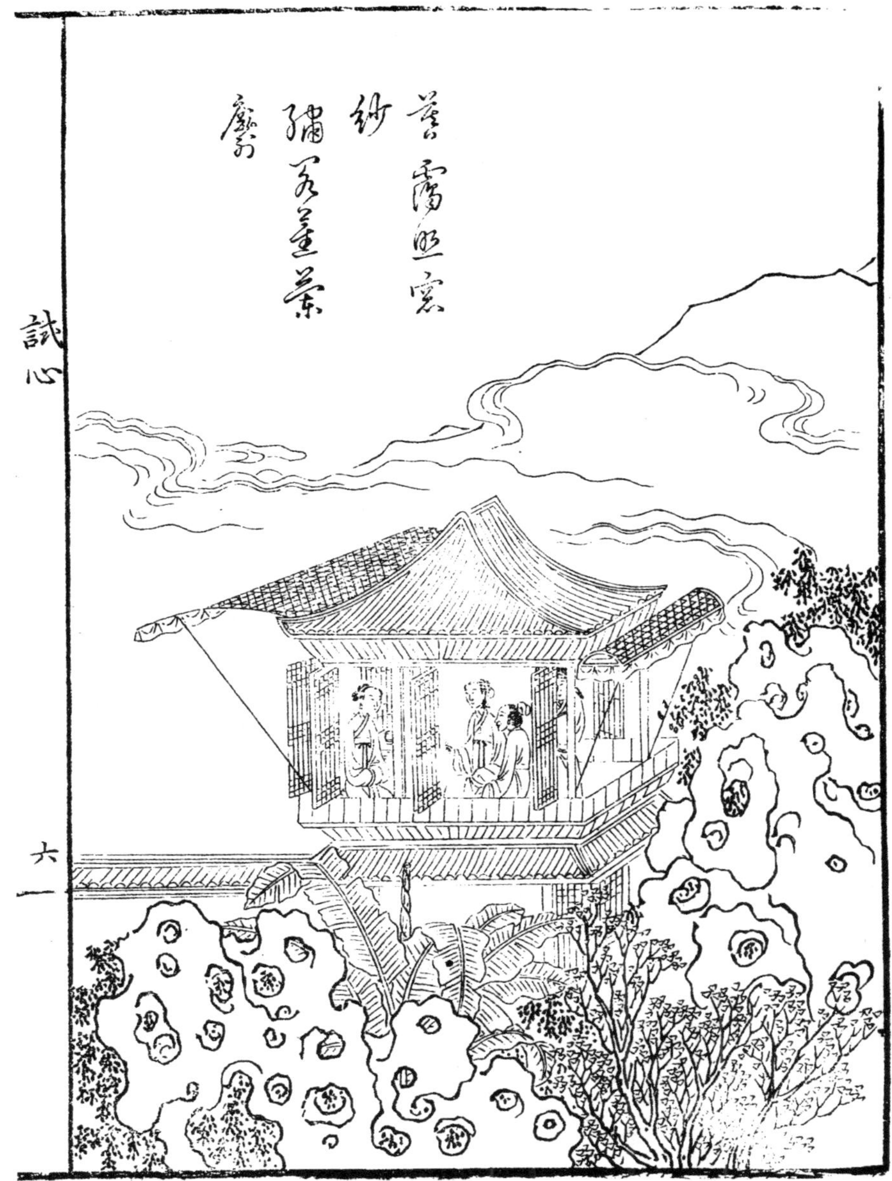

顫巍⺀竹影囱
前墮眼朦朧
疑是玉人過
潛窺

初會

十

咏梨

金谷園中
千朵艷

閨慮

武陵溪洞

永慶

標目

三卷

霎音撒

校正原本紅梨記

陽初子塡辭

第一齣 統略

瑶輪第五曲 末上開場 華堂開玳筵。列樽俎。雖陳主賓未浹。且將行酒付優伶。喜轉眼間悲歡聚别。也非關朝家事業。也非關市曹瑣屑。打點笑口頻開。此夜只談風月。

論賣文生涯拙。豈是誇多。何曾闘捷。從來抱膝便長吟。覺一霎時

鞴音輔

壯心蹔折。也無甚撇枝運節。也無甚陽秋袞鉞。若還見者吹毛。苴罵老奴饒舌。

（作問答介）

【瑾輪第六曲】

（末）謝女佳人。趙郎才子。天然分付成雙。奈王鞴勒取。拆散兩鴛鴦。正遇胡人圍汴。徵歌妓。送入金邦。賴有花婆女俠。設謀竄取。潛地往他鄉。　才子彷徨。佳人淪落。此際實堪傷。幸錢君作宰。畱寓在衙傍。却慮功名未就。改名

傻音耍

姓。潛結鸞凰。又賴花婆勸駕。登龍歸娶。花燭影搖光。

傻風流趙狀元三錯認。

喬紅梨謝素秋兩花陣。

雍丘宰生扭就鳳鸞交。

賣花婆計掇賺龍頭儁。

正宮引子首二句破陣子頭中三句齊天樂末二句破陣子尾天上句有作平平仄仄平平仄者誤

蜍音余

羿請不死之藥于西王母羿妻竊之奔月為玉蜍

匹鳥即同心鳥楊方詩云齊彼同心鳥譬此比目魚

第二齣 詩要

破齊陣 生扮趙汝州上 文采南金比色。詞華北斗方高太白星精。義山浪子。誰似風流俠少。天、、、、、、、。、、、、、、、。上玉蜍欣獨占河中匹鳥恨難招何時琴瑟調。

鷓鴣天 紫雲垂耀是神京。走馬揮鞭意氣生。李賀齊名時譽在。曹劉割席世人驚。空驥駿。戣長鯨。行看奏對入延英。但令姓字先群彥。始信才華擅二京。小生姓趙。名汝州。表字伯

江妃二女遊江濱見鄭交甫遂解珮與之沈約歌云卻粧莫索伴解珮更相催

疇山東濟南郡淄川人也先人趙幾拜刑部尚書不幸蚤年身喪遺經在笥紬卷未忘小生幼有慧質長多俠思年方二十二歲忝中本省解元今來會試到京憑着我胸中學問足三冬口內辭鋒傾五嶽視一第如拾芥耳何足控意但恨花星未耀鸞運尚慳自古才子必擇佳人是以交甫鍾情于解珮陳思作賦於感甄如小生之風流才調必得天下第

陳思云頤有懷兮妖嬈用騷首兮屏營

一個佳人。方稱合璧。向來聞得人言。有云男中趙伯疇。女中謝素秋。（笑介）不知素秋怎麼樣一個女子。就堪與小生作對。一向問人。並無識者。昨入京來。纔知是教坊妓女。說道果然天姿國色。絕代無雙。小生連連去訪。不意今上預借元宵。在大內承直。尚未得會。心上實放不下。有個同窻朋友錢孟博。乃雍丘縣令。朝覲來此。與小生同寓。不免請他出來。再

潘安仁為河陽縣令好種花河陽花開如錦

燈光雪月光景絕佳此際正堪訪妓

三齊謂齊及濟北膠東其風尚俠負氣多豪客吳均詩不能通濟海無復見三齊

去訪素秋走一遭。錢兄快來。（外扮錢濟之上）

【前腔】（外）看盡河陽花錦。來聽上苑鶯嬌。閶里燈光。天邊雪月。欣逢預放元宵。百斛春醪那借取。三齊豪客未須招。渾忘鄉思搖。

下官錢濟之。字孟博。官拜雍丘令。今來朝覲。幸與故友趙伯疇同寓在此。（見介）呀。伯疇兄拜揖。（生）孟博兄拜揖。孟博我同你訪謝素秋去。（外笑介）伯疇。我道你有要緊說話。請我出

風塵中每多有心人只謂世少有心人所以到底淪落風塵堪為此輩扼腕

來。元來又是訪謝素秋去。一個女子。日日挂在念頭上。敢是你心偏了。前日兩次訪他。俱不得遇。風塵中人。知他眞不在家。還是故意回你。〔生〕天下那有不愛才子的佳人。〔外〕好笑。你又不曾見他。那知佳否。〔生〕文王寤寐而求。未聞先見淑女。相如援琴而鼓。何曾預識文君。謝素秋雖不曾見。人言決不虛謬。〔外〕人言若何。〔生〕道是男中趙伯疇。女中謝素秋。堪與

不同字有多少意味天下識英雄人正在此處着眼不蒙一烟花女郎

正宮過曲首句有不用韻者終不妥至腦字脚字等俱不必韻而與不少假借其嚴于用韻如此

許渾詩無媒徑路艸蕭蕭黃昏落葉句似秋景不似近元宵景

小生同說一定有些不同處。（外笑介）好一個乾相思的對頭。不要作癲。同你街上看燈去罷。（生）燈有甚好看。

（玉芙蓉）（生）咸陽寂寞宵。擁膝傷懷抱。恨無媒徑路。草自蕭蕭。玉樓未許諧蕭史。金屋何妨貯阿嬌。教人惱惱的是孤鸞星未照。最堪憐黃昏落葉響瀟瀟。

（前腔）（外）你青雲志正驕。紅粉何足道。喜春風得

鶯儔燕侶何便遜鵾鵠鵬程黃粱公案白首生涯二者未堪軒輊

秋壽敬

意。正在今朝。豈可爲鸞儔燕侶三春約。怎卻你鵬路鵾程萬里遙。（生笑介）功名怕不到手。所難得者佳人耳。孟博兄不要敗興。不要道學。（外）非執拗。那壁廂是墻花路草。怎比得日邊紅杏倚雲高。

（丑扮伴頭上）傳却玉樓信。來投金馬門。小人是東院子謝家伴頭。俺姐姐差送書與趙解元。一路問來。說道下處在此。不免問聲。（問介）

後體度浸序次此際須温存款曲數語如此亦太輕狂矣

内答正是。（丑入磕頭介）（生）誰家差來的。（丑）小人是東院謝家伻頭。俺姐姐蒙相公下顧。因在內府上直。兩次不曾相接。特着小人來拜上。（生）可曾說教我來麼。（丑）正是。教請相公來。今日是十八日。燈事已了。明日姐姐一定回家。教請相公蚤蚤來也。兼有一封書在此。（生喜介）孟博兄。你說風塵中人。我說佳人定愛才子。今却如何。快取書來。（折書介）元來是一

騧音蛙韓翃寄張千牛詩上緒空遊白鼻騧

絶句含無限相思無限景色可謂詩中有畫

花木考卷葹艸名拔心不死

首詩、倚窗閑瑣去看花辜負郎君白鼻騧。悵恨欲知深幾許。碧雲重疊暮山斜。孟博兄。天下有這樣一個女子。怎教小弟不想。（外）詩思倒也清新。明日同兄去便了。（丑）小人就要回俺姐姐。就求相公回書。（外）伯嚋。你也作一絶答他何如。（生）小弟正欲如此。（作寫介）主人應悵客空還。寄與封書有淚班。但得卷葹心不死。碧雲能隔幾重山。俳頭。你先去回覆姐姐。

今時尚散曲如此支乃用此調換頭非起調也知音者審之

寫不盡相思別調真是有情癡

小生明日一定蚤來。(丑)傳將芳信去。報與玉人知。(下)(生外弔)

(傾杯序)(生)多嬌勝道韞。過薛濤。更八法能奇妙。小弟若得此人同諧伉儷呵。也強如蟾宫穩步。龍門高跳。鳳池容與。鰲禁逍遥。但只恐東墻花落。西廂月冷。巫岫雲高。那時節呵。就狀元及第也徒勞。

(外)伯喈。你不害瘋麽。

鞾音靴

此即朱奴插芙蓉也帽字好字宜用平韻至重唱會親符句誤甚

綽音逴入聲作仄聲流蘇盤繪繡之毬五色錯為之同心而下垂者也王同歌珠扉玳瑁床綺席流蘇帳

如此描畫紙筆墨都無直是神髓

【朱奴兒犯】看你整備着烏紗小帽。早朝鞾窄窄鮮好。稱體新衣、袖寬綽。會親符。會親符。安排了百道。【生接】快活快活。那時節。相偎抱。醉春風碧桃任流蘇帳煖可憐宵。

【尾聲】【外】則怕歡娛極處生煩惱。【生】孟博兒。准備扶頭錢鈔。怎能勾偷一會兒更籌。須臾的天便曉。

身在仙宮第幾重。　未知何日得相從。

幾時最是思君處。月入斜窗曉寺鐘。

只因蜀中伯嚋女中素秋二語開場便去尋訪未曾半面彼此酬和若平生脫盡常套若武林本多幾許紆回屈曲便蹊徑矣

黄鍾引子

黠慧是怪来奸
佞干進法門

第三齣 豪譙

西地錦 小淨 皓月金門午夜，和風玉殿先春。內庭曲宴及詞臣。誰似我天顏常近。

臘底陽生月正晴。士民遊樂，慶昇平。熙熙萬象融和裏。共沐恩光賀聖明。下官姓王，名黼。字將明。開封祥符人也。官拜太傅。封楚國公。只因姓頗黠慧。口復懸河。故寵冠羣僚。位居元宰。深宮曲宴。無不陪扆。下官又時爲諂諛。

竹籬犬嗥昭笑千古固知宵小逢迎無處不可獻諛

獻笑取容。聖上呼我爲小王太傅我就稱聖上爲太上道君。一日聖上站立墻邊要上墻去。奈無梯子。我就把兩臂承聖足而起。大聲叫道好個扒墻天子。聖上大笑云。全虧你築巖宰相。目今海內宴安。朝端無事。我就上一本。說今冬天氣融和。正該及時爲樂。就此臘月。令民間搭造燈棚。將元宵預借。聖上大喜。設宴內庭。特令下官陪侍。以此連日不得回

爹無賢兒安敢有賢弟不知當日王黼師成面貌何若誰謂閹竪無嗣

好箇老老爺只難爲老奶奶

家。似此君臣契合多虧父子情深。我王黼自從拜太尉梁師成爲父。仗他極力贊揚。遂有今日。昨日太尉說。要到我家看燈。當直的。太尉爺就是你老老爺。筵席須要十分齊整。（雜）應介（小淨）我且問你。昨日大內承應的教坊女樂頭兒。叫甚名字。（雜）名喚謝素秋。（小淨）今日在我府中搭應麼。（雜）伺候多時了。（小淨）起在一邊。我府中歌童舞女雖多。端沒有這妮

叶音協

子娉婷裊娜。我要他進我府中。亦有何難。且待宴過了太尉。再作道理。叫打差官。快去打聽太尉爺出朝。急來通報。（雜應介下）（副淨扮內官梁師成上）

（前腔）（淨）寶炬騰輝三島。鸞笙叶氣千門。御香滿袖散氤氳。但願得常依龍衮。

紫宸朝罷侍鵷班。詔賜宮刀白玉環。宦曜自來垂上象。貂璫獨喜近龍顏。下官太尉梁師

是箇闒茸的生像

名目亦奇

當日科目諸公盡為削色魚目真珠豈遂無別只為依附中涓者下一狠語

成性善柔媚言多丼恍出入宮寢三十餘年歷踐台司二十餘任都人目爲隱相天子與作可兒宮掖廵遊常向臂閒循絳繫殿頭宣拜每將口語代黄麻將相公卿個個稱門生故吏后妃嬪御人人呼尚父元公以此賄賂如山門庭成市從我者驟加官爵違我者立見誅夷兒童巳賜緋衣厮養半登黄甲大兒王黼開應奉局於都下月錢何止萬緡小兒

朱勔。總花石綱於蘇州。歲輸不下億計。〔笑介〕果然財可通神。眞個威堪震主。連日內庭侍宴。不曾回家。昨日與黼兒約去看燈。叫左右打執事。看王丞相去。〔雜〕燈火明龍閣。笙歌滿鳳城。侯門多富貴。綺席綵雲迎。稟爺。已到王丞相府前了。〔小淨上跪接介〕孩兒王黼迎接恩府大人。〔副淨扶進〕王黼兒。生受你。〔小淨起揖〕恩府大人拜揖。〔副淨笑〕好一個預借元宵

師成未必有此想頭如此得稱珍寵否

千古通弊千古通恨此是師成肝腸非王黼恐未肯道破

的本虧你想得到。聖上也喜歡得緊。自從建了艮嶽。聖上日日在內遊賞。不想時遇隆冬。百卉凋傷。車駕久不臨幸。在大內閑坐不過。見了你的本。不覺喜動天顏。〔小淨〕這都是恩府大人提携。〔副淨〕王黼兒我教道你大凡官家不要容他閑常則是把些聲色貨利打哄日子過去他就不想到政事上邊左班那些秀才官兒便有言也不相入了。〔小淨〕多謝恩

南呂過曲
古本香柳娘俱

府大人指教。〔副淨〕叫孩兒們今日我在此看燈。那些御前承幸妓樂。都齊在這裏麼。〔雜〕稟爺。五花爨弄三百名。搬演雜劇三百名。駕前吹鼓十八部。教坊妓女百二十人。都齊在此伺候。〔副淨〕王黼兒我連日困於酒食。就是這些院本雜劇。也誰耐煩看他。都打發去。止留教坊妓女。在此送酒。〔小淨遞酒介〕〔奏樂畢〕

〔香柳娘〕〔衆〕喜燈月競新。喜燈月競新。寒威乍損。

無重疊句新字雲字等俱不必用韵而此曲句句入韵的是作家

瞬韵讀作上聲

伯嚋想慕素秋一定有不同處

想梅花巳漏江南信。看鰲山切雲。看鰲山切雲。青禁玉樓鄰。彤帷絳河近。〔合〕判行樂及辰。判行樂及辰。只恐怕後月今宵陰晴無準。

〔前腔〕〔副淨〕慶民安物殷。慶民安物殷。太平景運。歡娛賸把良宵儘。任參橫斗分。任參橫斗分。恣意倒金樽。流光一回瞬。〔合前〕

〔小淨〕恩府大人。教坊妓女有個謝素秋。倒也生得停當。〔對旦介〕過來見了太尉爺。〔旦見介〕

如停當二字便抹殺素秋本色

年来多少傷春病，閑倚雕闌对落花，瓷覺為神惱

副净看介果然生得好。要丞相爺喜歡。你造化到了。孩兒們討箇元寶賞他。起來送酒就唱一曲。旦謝起送酒介

前腔旦念青樓寄身。念青樓寄身。椏嬌桃嫩生憎羅綺煙花陣。怪雙蛾屢嚬。怪雙蛾屢嚬。處處○○○○○○○○落花痕。年年送春恨。合前

前腔小净聽歌聲佚塵。聽歌聲佚塵。朱唇微搵。聲聲調出凉州韻。更香潤玉温。更香潤玉温。似

對亦紓徐委婉脫使當壚賣酒定不減文君作

蘭蕙絕塵氛繁英豈堪混。（合前）（副淨）酒多了。連日困倦。孩兒們回府去罷。笙歌歸院落。燈火下樓臺。明日扶殘醉。重尋翠羽來。（小淨送副淨先下）（小淨）謝素秋過來。我愛你體態輕盈。歌喉宛轉。我府中歌舞雖多。却沒有你這般顏色。你住我府中罷。我另眼看覷你。（旦）念素秋章臺陋質。衣巷庸流。秪堪賣酒當壚難入瓊樓玉館況且老爺貴府無

致

温存幇襯固是風流一出王勷便成厭憎

數佳冶麗人豈少賤妾一輩。（小淨）這妮子你不見麼。

【前腔】這繁華絕倫。這繁華絕倫。三千黛粉六宮顏色誰堪遜。不是少你一個。只是我愛你。你若進我府中。我把你做掌中玉珍。做掌中玉珍。（作摟旦）（旦避介）（小淨）心坎兒裏温存肺肝兒般幇襯。（合前）（旦跪小淨扶起介）

【前腔】（旦）媿烟花戶門。媿烟花戶門。風塵陋品。豈

涸字非韻疑是津字
權勢傾中朝而不能屈一女子素秋自是無鬚眉丈夫
不用尾聲是正體

甚與王公貴戚相厮涸。況有無數絳裙。有無數絳裙薦夕總横陳。東鄰豈足問。〔合前〕

〔小浄怒介〕唗。這賤人我倒有心擡舉你。你却句句遠我。我如今把你拘在府中。不怕你走上天去。花婆那裏。〔老旦扮花婆上〕本賣花爲生。翻因花作祟。日間花裏行。夜間花裏睡。花婆磕爺頭。〔小浄〕花婆你把這賤人去牢禁在府後静房裏。有命呼喚。纔許放出。〔老旦〕曉得

只是府中軟帶的鮮花朵，日日是小婦人採

辦。（小净）我另遣人便了。（下）

別夢依依到謝家。名珪似玉淨無瑕。

東風堪賞還堪恨。落盡溪頭白玉花。

中呂引子尾犯下多引字誤也

擁字亦用韵更妙

此際無限傷神得一崑崙奴扶之而出殊為悵悵

第四齣 圍禁

〔老旦〕素娘請到後邊去。〔旦〕走介〔老旦〕這是老娘的臥房你只在此坐坐罷。

〔尾犯引〕〔旦〕花落任西東。似柳絮風飄。芙蓉霜送。栽、却、愁、苗。耘、成、恨、種。〔老旦〕素娘看你翠蛾蹙。遠山黛擁。紅淚流。秋水霞籠。〔合〕聽殘漏聲聲聒耳。月。落。燕。樓。空。

〔老旦〕〔南鄉子〕萬籟寂無聲。殘角嗚嗚逓五更。

香斷燈昏眠未穩淒清只有霜華伴明月【旦】應是夜寒凝惱得梅花睡不成我念梅花花念我關情獨立簷牙倚玉檽【老旦】素娘我們向來也聞你的芳名只是無由見面今日之事怎麼樣起【旦】你家老爺生要奴家進府奴家不從以此發惱【老旦】元來如此素娘你好不見機我老爺官居極品勢焰薰天官家尚然拱手朝臣孰不低眉你是女流倒要與他

抗拒。況且府中富貴。天家不如。你若進來。自然得寵。那些兒虧負了你。苦死不肯相從。【旦】人各有志。豈可以勢相逼。【老旦】不從他由你。只怕這頭門進。得來。出不去哩。【旦】他若再來相逼。我拚得一死便了。

【尾犯序】【旦】此夜恨無窮。似別鶴孤鴻。檻鸞囚鳳。【老旦】你有何心事。就對老婢說也不妨。【旦】我有無限衷腸。欲訴何從。悲慟。惹禍的是花容月貌。

中呂過曲首是石榴花風雲下是泣顏回故名榴花泣今有誤作石榴花者皆因荆釵記覷着你花容月貌及時曲折梅逢使佳期約定皆作石榴花不知彼三曲亦皆榴花泣也

漁家傲一調最

賺人的是雲覓雨夢從今後似提籃打水落得一場空。

〔榴花泣〕〔老旦〕素娘你無端何故恨匆匆似你這月作態玉爲容正合在綺羅叢裏承恩寵送年華暮鼓晨鐘素娘莫怪老娘說你娼家有甚好行徑風雲轉蓬倚市門調笑將人哄休只認酒釅花醲䁍眼間就興盡盃空。

〔漁家傲〕〔旦〕我豈戀換羽移宮奈女蘿怎倚孤松。

難查訂大抵荆釵記明月蘆花乃其正格也此調與若提起舊日根芽今日裡拜別離舍二曲相彷彿同一調

中字是韵讀斷

風流業種自是難割捨只是憑一首詩却便識得素娘定非凡品

就是我輩從良。須要擇人而事。【老旦】若要擇人。那裏有我老爺這樣對頭。【旦低】咳。花婆花婆。他只是俗子村夫。難管領秋月春風。【背介】蚕上差伻頭去約趙伯疇。他有詩來。約我明日相會。誰想監禁在此。多分又成虛話了。看他詩中字字芳心懂怎割捨風流業種。男中趙伯疇。女中謝素秋。不知向來何故有此言語。想我兩人。才貌相同。故教人作誦。只愁緣分淺。到底成空。

【尾聲】〔旦〕通宵聒絮多驚動。〔老旦〕素娘。你何事癡迷不信從。可不道得喪悲歡總是空。

怨恨千重戀舊遊。無窮歸思滿東流。
、、、、。　、、、、。
窗殘夜月人何在　深鎖春光一院愁

以勢焰滔天之王黼而素娘抵死不從獨注念一不識半面之窮措大豈惟見素娘冰玉比潔而伯嚋之風流俊雅越ゝ顯出

此北調仙呂也南引子亦有點絳唇草北無換頭南有換頭北第一二句但用韵南直至第三句用韵其第四句平又更有雜人多憒憒特為揭出

通折用蕭豪韵而首句体宜用韵乃烟字攙入先天何也

第五齣 胡擾

（點絳唇）（淨）紫塞青烟。玄菟白草。朝那道。步馬嘶驕。眼底中原小。

漢水連天霜草平。野駝尋水磧中鳴。隴頭風急鴈不下。沙塲苦戰多流星。咱家大金丞相斡離不是也。自從大宋與咱家盟約。併力攻遼。還他燕雲十六州以償用兵之資。不意王黼倍約納我叛人張𣪊。為此提兵到此。吾想宋室君臣。偷安旦夕。方且預借元宵。喒家連夜渡河而來。剋定日期。要在元旦左右。打破汴城。務要慶賞那眞元宵。好快活也。把都兒們那裏。［雜扮四卒上］進軍黃河南。窮寇勢將變。日落沙塵昏。背河更一戰。［見介淨］把都兒們自從喒渡河而南。如入無人之境。這些百姓抱頭鼠竄。紛紛逃躲。此去汴京不遠。眼見得破在旦夕。須要併力殺上前去。待剋城之

北曲讒謅別名江兒水

當時兵政大弛虜騎朝發夕至勿謂樵劉盡是脫空

日大開府庫。把金帛重賞你們。就此拔寨前進。（雜應）（淨）

（清江引）紛紛鐵騎如雲繞。塞滿關山道。兮、隨月、影彎。劒逐霜光耀。看指日間。破京城。如電掃。、、、、、、、、、

（雜）禀爺。已到汴京城下了。（淨）把都兒們。且不要近城。只遠遠四下圍定。待明日造起雲梯。看了城中動静。再作道理。（雜走圍介）

（前腔）漫漫血戰何時了。直向中原搗。破竹已成

功。幕燕真堪笑。直待到京城。賞、元宵。纔開懷抱。

（走下）

胡擾中原雖是朝家不幸我以為非此則

鳳、檻鸞囚何日得脫固是塞翁之馬

南呂

當字亦用韻更妙

好打點且消停只恐怕雨打梨花夢不成

幌韻譜作況

寫得有情景

第六齣 赴約

【宜春令】（生）風月性。雲雨膓。自生成花狂柳狂。新詞楚楚。俏名兒堪與秋娘抗。蘇小小才貌相當。呂雙雙風流不讓。拚醉佳人錦瑟。翠屏朱幌。

日昃鳴珂動花。連繡戶。春盤龍玉臺鏡。惟待画眉人。小生爲有謝素秋之約。昨晚一夜睡不安穩。巴得天明。便起來梳洗。如今已打扮得齊整。除下舊巾幘。換套新衣裳。[illegible]然停當。

只是怎得錢兒出來。不免催他去。錢兒起身未。（外應上）來也。

前腔（外）鄉心切。旅夢長。（生）錢兒快來。（外）是何人催促恁忙。（見介）呀。伯喈。你衣衫停當。匆匆挈伴將何往。（生）孟博。你又忘了。謝素秋約我今日相會。（外笑）何乃太早。（生）小弟以爲遲矣。探花信浥露何妨。護花神遇風須障。（外笑）你似遊蜂粉韋香惹。鎮日顛狂。

惜花春起早伯喈大淂此趣

社家猶言作家西廂俗本有以猜詩謎的社家作杜家者非

晝靜無人奠字閒如此光景景是不堪

（生）不是。昨日他內府完事。一定蚕回。今日我們蚕去。也見有些志誠。（外笑）好個老實的社家子弟。既如此。就請同行。（同走）（生）

（前腔）韋孃面。刺史腸。兩相逢迷畱怎當。芳心容意。相偎相靠從前講。（外）伯嚋。此間已是他家。想還未歸。你看雕欄畔鸚䳇聲喧。画簷邊蛛蜘塵網。（生）真像個不曾到家的。不見銀箏抛却。玉臺閒放。

天氣尚蚤。既不在家。我們在此坐待一回。(丑)

(上)院鎖春風楊柳。門深夜雨梨花。未許情諧

、、。、、、、、、、、。

琴瑟空勞夢遶琵琶小人謝家仟頭今蚤去

候姐姐。不想被王丞相拘留在府。只得獨自

回來呀。家中倒有人坐在此。不知那個。(見介)

元來是趙相公錢老爺。(生外)仟頭。姐姐回來

了麼。(丑)不要說起。姐姐在內府承直已完。昨

日到王丞相府去。不想被他囚禁。不放回來。

素秋不如此便不堪與伯睛韻頑固知人言匪謬

小人今番去候。沒處問個消息。以此只得自回。（生外駭）為甚麼囚禁他。（丑）

（前腔）只為花容麗。玉貌揚。那王丞相呵。死臨侵。邀求鳳凰。（生外）你姐姐從也不從。（丑）便是抵死不從。（生笑）這纔像個素秋。（丑）王丞相因姐姐不從就發惱起來。把溫存情況變。做了瞞神謊鬼喬模樣。把我姐姐監禁在府後什麼靜房裏頭。昏騰騰楚岫雲遮。黑漫漫陽臺路障。一似籠囚

情痴矣有心人大都如此

鸚鵡。浪打鴛鴦。

〔生〕元來如此。我那素秋。你怎得個出頭日子。

孟博。我與你計較去救他也好。〔外〕王黼的威勢。天子尚且畏他。他把一個妓女。藏在府裏。你我兩個措大。便思量救他。也太迂闊了。素秋既不在。我們且到下處去。等他回了再來。

〔生〕既然到此。且耐心坐等一回。或且放得回來。也未可知。〔外〕我有朋友在南薰門外。向欲訪他此去却近兄只在此等我去訪了他來與你同回下處去何如（生）使得兄去就來（丑）小人也再去王丞相府前去打聽若有下落快來報與相公（生）說得是我只在此等你（外）蓬華存寒士（丑）朱門訪玉人（同下）

正宮過曲

按調亦有未協

【普天樂】（生）只指望撩雲撥雨巫山嶂誰知道煙迷霧鎖陽臺上想姻緣簿空挂虛名離恨債實受賠償想杜牧是我前生樣只合守蓬窗茅屋

自想素秋又翻作一素秋想而下不知幾許離恨幾許迴環俏語俊思

梅花帳素秋素秋我想你此時呵托香腮悶倚迴廊斷難穿淚珠千丈只落得兩邊恩愛做了兩地彷徨

【錦纏道】（生）咳王鱅王鱅笑村郎强風流攀花隔墻錯認做楚襄王全沒有半星兒惜玉憐香我這裏相思塹危如石梁他那裏愁悶城堅若金湯磨勒在何方那沙吒利又十分威壯如何更酌量眼見得石沉山障慾只慾孤辰寡宿命相

此正宮小桃紅也山桃紅是越調固不類或作山桃犯亦非衚衕音胡同飛燕娣合德亦絶色帝稱為溫柔鄉嘗曰吾老是鄉足矣

妨。

【山桃紅】（生）撓不着心中痒。嚥不下樽前釀。謊歌郎奪了平康巷花衚衕添了勾魂將溫柔鄉湧出瞿塘浪。眼睜睜教我意惹腸荒。等這半日。錢兄也不來。伴頭也不來。天色已晚。且到下處去。明日再來。或有些些好消息也未可知。

【尾聲】（生）休言好事從天降。着甚支吾此夜長羞殺我画不就眉兒漢張敞。

一寸相思一寸灰。野塘晴暖獨徘徊。
行人杳杳看西月。肯信愁腸日九廻。

一番情興翻做出無限凄涼若武林奔汝州訪金蓮其違阻一也而情景之緩急則有分矣

中呂此調有三体末句各有不同其一別名沸笙歌引紗籠者與此稍異

斡音窊

觳音角

原本紅梨記

陽初子塡辭

第七齣　請成

【紅繡鞋】(净)神兵席捲長驅。長驅。軍聲鬼哭神呼。神呼。圍城邑。禁樵蘇。如拉朽。似摧枯。(合)看直擣混輿圖。看直擣混輿圖。

喒家大金丞相斡離不是也。自提兵來此。一敗張觳於燕山。再敗郭藥師於白河。遂乘勢

太上道君讓位多因是小王太傳弄權扒墻天子畢竟是當日犇逃光景

直抵汴京。圍城緊急。道君讓位東奔。新帝初登大寶。膽怯心寒。前遣趙良嗣議和。就講歲幣。二百萬之外。新增百萬。筭咱家爲伯。彼家爲姪。但求退兵。咱對他說。京城破在頃刻。今若議和。歲幣不要說起。當輸犒師之物。金五百萬兩。銀五千萬兩。牛馬五萬頭。彩段五萬疋。以宰相親王爲質。送大軍過河。一一如議咱方退兵。若還一字不依。莫怪三軍囉唣。又

如此話頭若欲淨此賊而甘心焉者後竟以數語結其歡心許以重用固知便佞利口也自有淨便宜處

要王黼賊臣親詣軍前發落趙良嗣諾諾而退想今日一定來也把都兒們大聲高叫着宋國大臣速赴軍前議事（雜應叫介）（小淨扮王黼引小軍持物上）敗國亾家且莫論兒啼女哭不堪聞蚤知今日多辛苦悔不當初做好人我王黼平日只曉得獻媚取容那知他軍國大計不想大金斡離不丞相提兵渡河勢如破竹把一個汴京城緊緊圍住內外不

巧語花言是王黼生平要訣若黃金國璽不過借此為入門地耳

通。又怪我納彼叛臣。勸要到軍前發落。我想此人。此不得道君皇帝。不是好惹的。此去凶多吉少。爲此被我通同梁太尉。盜得一顆傳國璽。又將內庫黃金一百萬。白金二百萬。前去送與他。再着些花言巧語。或且饒得我過。也不可知。全仗祖宗陰護佑。還祈天地默扶持此。間已是轅門前。你看戈戟如林。刀鎗似雪。旌旗耀日。殺氣橫天。好怕人也。且就此俯

雖是宋朝冦賊還為趙氏功臣數諄諄責大為吐氣

伏咱。俯伏介 淨 轅門外俯伏的什麼人。小淨 宋國下臣王黼死罪死罪。淨 就是王黼麼。掤進來。雜掤進介 淨 王黼你這賊臣欺君誤國。恃勢殃民。把一個趙氏江山弄得如此。你尚且違我盟誓。納我叛臣。今日天兵到來。死在旦夕。更有何辭還來見我。小淨 王黼自知罪重惡極。萬死無逊。只是尚有一言再祈俯納 淨 有言儘着你説。小淨 道君出奔之時。事出

論頭極是透徹勾出王黼肺肝

倥偬。遺下傳國璽一顆。乃歷代受命符璽。却是王黼收得。今特將來獻。上丞相。以爲受命混一之兆。再有王黼向攢家私。黄金一百萬兩。白金二百萬兩。以爲犒軍之資。總在轅門。未敢擅入。（淨）京城破日。這些玉璽金銀。怕不是咱家的。誰要你來先獻。不過是逃死的奸計。（小淨）丞相要殺王黼。正如狐豚腐鼠。一刀斧手之事耳。但若丞相留得王黼狗命。待王

說着心苗憐于黃金國蠹多多那得不回嗔作書

此句呂瑣窗寒今作瑣寒窗非也第二句宜用六字當如琵琶不會許公与卿唱法人多唱作懶畫眉謬甚

直道出自家本色

說到此際人恨

斟回去。主張宋家事體。丞相所須。何不如意丞相請自三思。【淨背介】倒也說得有理。這樣人。殺他也沒用。【對】放了鄉。王璽金銀。傳令收進。【小淨謝起復跪介】【淨】且起來。把城中光景說一遍。【小淨】

【瑣寒窗】汴京城富貴難言。千里春風奏管絃。奈君臣苟且。偷樂流年。豈意天兵弔伐。長驅席捲。今日呵。只落得鳥啼花怨。【合】堪憐。析骸易子哭

王蕭蕭亦還自眼

雖出奸佞之口而悲楚之聲甚于故宮離黍莫謂小人人心盡喪。嘗讀古詩至宮女如花滿春殿只今惟有鷓鴣飛殊不勝情

聲喧繁華一旦都捐。

（淨）宮殿不曾動麼。（小淨）

（前腔）蘂珠宮已作飛烟。雲篆天書迹邈然。更宣和離黍夜月空懸奎章閣畔盛集烏鳶絳霄宮徧生苔蘚（合前）

（淨）艮嶽無恙麼。（小淨）

（前腔）艮嶽在御宅東偏。別是神僊一洞天。有卿雲列岫。龍躍諸軒。奇花異石。海輸陸輦。到今來

汴京不破未必王黼無功即以當楚歌誰曰不然但恐心腸不如是耳

千古有盡此恨無窮王黼豈夢宋室罪人

樹頭巢燕（合前）

（淨）我聞汴京城富貴欲來看賞元宵依你說來這等蕭條景象就打破也是空城要他何用（小淨）要這空城委實沒用王黼倒有一計在此（淨）你就說（小淨）丞相只頓兵城下聲言攻打把城中玉帛子女盡行括取然後勒要二帝親赴軍前議和那時挾之而往則中原之土地丞相之土地中原之人民丞相之人

查此調聲言句只該七字觀荊釵姑娘因此臉羞慚可見不得將第二字另用韻而分作二句也此自改舊荊釵以致錯亂香囊遂傚之云古今惟有孟母與

民矣又何求而不得哉若只留戀空城寬假二帝竊恐勤王兵集天下事未可知矣丞相聽禀。

【前腔】汴京城王氣蕭然萬戶凄凉盡倒懸不見門生荊棘突少炊烟驢遊禁掖狐登庭殿蓁蓬蓬歌聲凄慘丞相你但聲言增還歲幣便師旋要主人翁親赴軍前。

【淨】好計好計元來你是個知趣的人一向怪

魯參遂俱于第二字用韻而以九字作兩句此調失其故矣

差了太傅我也有句話對你講我大軍凡到之處鄙亂不畱你城中也住不穩你原是祥符人今番進城速速把家貲整理回到家去待我尅城之後逶迤而南取你來軍前聽用你是有恩於我的少不得還你個大大官做（小淨拜介）多謝丞相指迷（淨）還有一事聞得你家女妓最多快選上好的送幾百名到軍前消遣（小淨背介）前日正受了謝素秋那婆

過龍處絶委曲絶自然机韻生動波瀾不窮轉到素娘可謂絶處逢生

娘的氣。如今把他送來出。這口氣。【對介】王黼有個妓女。名喚謝素秋。歌舞絕倫。待回去。就送他一班兒。到軍前聽用。王黼就此告回了。

【淨】請回罷。

箭入昭陽殿。　笳吟細柳營。

內人紅袖泣。　王子白衣行。

仙呂

此調躑躅荒郊下犯渡江雲

礤音擦

念及官家是嫠婦惜緯之恩王黼愧此多矣

二語忒迂不應出自素秋口

第八齣 潛奔

【月雲高】〔旦〕霧昏塵暗。世事多傷感、鎮日愁雲結。徹夜妖星撼。王黼王黼。你把我坐守行監礤可可忒漁濫〔內作喊介〕忽聽得軍聲喊逗落了佳人膽。咳。不要説奴家。就是官家這時候呵。也躑躅荒郊沒掂三翠輦空山飽瘴嵐

我生之初尚無爲。我生之後宋祚頹。狼煙四起兮沸鼓鼙鋒鏑成林兮盛旌旗人民塗炭

兮城郭非孤身淪落兮紅顏迷。山可平兮海可竭。妾愁苦兮無窮期。奴家謝素秋。自被王黼囚禁在此。不意金兵壓境。京城危在旦夕。咳。一個金甌無缺的天下。被兩三個賊臣。弄得至此。王黼連日。被金兵押在軍前。我欲待竟自回去。一來恐怕他追趕。二來城門緊閉。便要回去。也無計出城。只得且在此等個機會而行。花婆今蚤出去。打聽消息。待他回來。

兩下相期別有一種幹合深情如離魂化石種〻無盡猶想到才貌相堪殊之情致
淹字犯廉纖韻

與他計議。前日趙伯疇約我相會。又是月餘

這等亂離。多應會試不成。不知還在京城否。

又不知後日得會面否。好愁悶人也。

【前腔】【旦】緣愁紅慘薄命多迍轗。我和你會面艱

如許姻緣事如何勘。說將來才貌相堪生察察

因人陷我被那紅顏悞他被那青衫賺。正是兩

地相思一樣擔。百歲良緣百滯淹

【老旦上】竈突已炎上。燕雀猶未知。素娘在那

此係仙呂亦有收入商調者非支字非韻

緩緩說來忽耽逗出令人錯愕驚駭聞到老爺纔始省着愈覺

裹素娘你還不知。(旦)花婆爲甚這等慌張。(老旦)

(不是路)虜勢難支故國飄零事已非。你看軍聲沸汴京破在須臾矣。(旦)官家如何。(老旦)道君的東奔建業多狼狽結綺臨春萬戶灰。(旦)你老爺到軍前如何。(老旦)老婢倒把要緊說話忘了。老爺到彼呵。覓驚悖軍前勒取歌聲妓聞得首名是你首名是你。

有因有情

姿字犯支思韻

如明妃出塞曲多少驚惶多少哀怨後來璧合珠還纔覺有情若一移居洛陽會合儘易趣味便索然矣

旦慌哭介

【前腔】聽說驚疑，我本是月戶雲窗嬌媚姿，身柔脆。豈堪嫁作豺狼配，淚交頤。今朝寶瑟拋珠袂，明日金鎗臥鐵衣。悲笳裏，聲聲斷送朱顏，頓定做異鄉寃鬼，異鄉寃鬼。

花婆，事已危迫，萬望你定一計救我則個。（老旦）素娘，老婢一向要對你說些衷腸話，因不知你心事，不好說得。老婢原不是王府裏人。

賣花句作計賺驀地

閑禁時勸素娘語卻不如是

向在長安城中賣花爲生。莫說王公貴戚，就是三宮六院，也都厮認爲是朝夕送花朶到王府裏來。王丞相好意相留。不好恝然而去。只是每常看他行事，後日必有大禍，因此我無心在此。他前日把你囚禁，我那時就有意放你，未得其便。如今金兵壓境，他自已也顧不全，這座冰山，能消幾個風吹日炙，你我不就此時脱身，更待何時。此間府中門路，我都

布畫設策儘是有理

識熟。不怕不出。只是出門之後。投到何處去。好。（旦）回家去何如。（老旦）金兵勦取女妓。你是頭兒。若回家去。可不在此待拏。（旦）到趙伯疇家去何如。（老旦）他是什麼人。（旦）是山東解元。會試到此。（老旦）會試舉人。不過一間兩間下處。怎藏得你。老婢有個孩兒。現充守新蔡門軍士。聞得金兵專打南薰門。新蔡門賊兵却少。我們就此出去。到孩兒家住下。尋個方便。

仙呂過曲則有掉角兒序南呂調亦有掉角兒作皂者非

教坊光景殊無可戀此時若浮一未識面伯嚌則物是人非卻不可人意

溜出城去。自有脱身之所。事不宜遲。就此去罷。（同走介）

【皁角兒】（旦）慨西風橫沾淚臆。感東君殷勤周庇。千般恨憑誰訴題。總嬋娟誤人非細。但只見野棠春玉塵委。原上草青血化。物是人非。（合）淒涼鼓吹。寂寞舞衣。從今後。舊時堂燕。更傍誰飛。

【前腔】（老旦）百年事。不勝痛悲。樂遊原。霎時塵翳。勸孃行。不用淒其。紅顏命。自來憔悴。今日與你

俱不用韵

朧去也。難還好。若還解送金虜。好一似抱琵琶彈馬上。奏胡笳穹廬帳。拋擲誰知。（合前）

（老旦）且喜已到新蔡門。此處已是孩兒家裏。

（丑介內荅）不在家。在城上守把。（老旦）素娘天色晚了。城上緊急。出去不得。且待明蚤。覷便而行。（旦）是如此。

又見秦城換物華。　豈宜重問後庭花。
于今拋擲長街裏。　莫怨東風當自嗟。

這些光景也沒甚風騷

第九齣 獻妓

（小淨便服上）當年志氣粗豪，叱咤山嶽動搖。天子覷如狎友，宰相只當兒曹。豈意韃虜臨境，南人日夜號咷。區區親齎金帛，前去行成討饒。那斡離不就如閙羅天子，軍士每個個是本客山賊。被我逞着口中三寸，等閒免了頭上一刀。誰管他山河破壞，那管他宮闕焚燒。這叫做慷他人之慨，風自己之騷。我王黼

借韃鷹之威，報歌妓之憤，總是王黼

平日氣槩。天子不怡。不意見了金丞相。軟做一堆。全虧這嘴頭子。說了幾句。他就道我知趣。教我速速回家。後日自有重用。又討我家歌妓。我正受了謝素秋那婆娘的氣。被我就指他名兒報去。今回來。打發他們起身。收拾了家貲。回祥符去。再作道理。從來役兎營三窟。畢竟饑鷹飽一颺。來到此間。已是本府。只索進去。快喚謝素秋出來。打發他去。掌家的

如此總得伯嚭錯認太好做法

在那裏。快與我喚謝素秋出來。〔内荅〕謝素秋昨晚逃去了。〔小净〕花婆那裏。〔内荅〕也去了。〔小净慌忙〕罷了罷了。怎麽好。昨日報過他名。如今逃了。教我那裏追尋。也罷。只就這些妓女中。揀個俊俏的。冒做謝素秋解去。只要册子上。開他做頭便了。打差官那裏。〔丑扮打差官上〕寄語當路人。莫將國事悞。可憐中華女。嫁作胡人婦。打差官磕頭。〔小净〕打差官。我府中仙呂入雙調幕字非韻首四句是玉抱肚下是五供養二調合成本名玉山供自香囊劍作玉山頹後遂不知玉山供來歷且五供養末句只當用七字今見用七字者反以為犯玉山頹矣又將五

有歌妓一百二十名。為頭的叫做謝素秋。你可造成花名冊子。解送到大金幹離丞相處聽用。不可有悞。就傳上丞相爺。〔小淨〕

〔玉山頹〕名姬全部。特遣助春風燕幕。看他籠玉笋。翠袖長垂。步金蓮。絳裙輕舉。是瑤臺仙侶。個個向羣玉山頭勾取。你說俺爺。多多拜上丞相。盼望黃龍府。目煩盱不能親到效區區。

〔丑應背唱〕

供養四字句上只點兩版併五供養舊腔而失之殊可笑也一句千百廻翔馬字非韵

摩詰為祿山所致勝懷庭闕有綠槐花落空宮裡凝碧池頭奏管弦之句

前腔 你掠取民間子女。教歌舞指望朝歡暮娛。誰知把傾國名姝，反做了喪家逋虜。咳。衆歌妓。衆歌妓。你就是銜盃舞馬。肯向凝碧池頭迴顧。對凈拜 拜別恩官去。小凈 你快去。不要擔悞了公事。丑 敢趦趄。出介 秦樓此夕，夢寬迂。下 小凈 打差官已去。且喚掌家出來。收拾回去。掌家的那裏。末扮掌家上 福兮禍所伏。禍兮福所依。試看簷頭水。點滴不差移。掌家的磕

陳橋之約何處關照

爺頭。（小淨）掌家的你曉得麼金人聲勢甚盛。宋室凶形已彰我昨蒙斡離丞相美意教我且回家去等他剋了京城漸至河南便來召我重用你如今把家貲盡數把車兒裝上先押出新蔡門去。到陳橋驛相等我隨後就來了只在驛前相會同行。不可有悮（末）門上緊急倘或盤問如何（小淨）說是我的車輛誰敢攔阻（末）這許多東西。那裏討得許多車子。況

此南呂也或改作王堂人者非益第三句與解三醒似是而實不同唱法無截板也今唱者竟唱作解三醒而遂訛以傳訛古調不可復矣知

且小的一人恐怕照顧不及。（小净）也罷。就傳我令去新蔡門撥三千守城軍士。護送你到驛便了。（末傳）王丞相有令新蔡門點三千軍聽用。（内應）（小净）你此去非通小可。須要小心。

（三學士）他那裏長勝雄兵如虓虎。况纍纍千乘輜車。（末）朝廷待老爺這等恩深。老爺何忍棄之而去。（小净）你慢說朝中日近恩還重。我只怕陣上雲高勢却孤。（合）但願長途無嶮岨。平安去返

音者審之

伍字亦宜用韵

炎〻者倏而灰冷可不畏着多少弄權舞勢的奸豪

故、廬、。

（前腔）（末）我想你富貴榮華誰與伍。鬧、然、消、歇、無餘、。從來高處須防跌。始信康莊即畏途。（合前）

（雜扮軍士上）新蔡門守城軍三千名。候爺發落。（小淨）軍士每。我打發家人回去。着你每護送至陳橋驛。須要小心。違者定從軍法。（雜應）

莫遣黃金謾作堆。五陵松栢使人哀。

奸邪用法元非法。往事空成半醉來。

仙呂入雙調

繞一作死

第十齣 避難

【六么令】（旦同老旦上）山河頓改。陣雲迷。殺氣橫。排霜寒鼓繞哭聲哀。衝風起。帶星來。瘦腰肢戰怯難禁害瘦腰肢戰怯難禁害。

（旦）花婆天已明了。怎麼擺佈出城便好。（老旦）素娘。我家孩兒昨晚被王黼差押家眷。到陳橋驛去。門上並無一人相認。我與你只在此等候。看有人出城。尋個計較混去。如今且不

帛字作平韵

要忪。你還坐在裏頭。我去外邊打聽。若有機會。就來報你。［旦應介同云］正是寧爲太平犬。莫作離亂人。［下］［末同車夫軍士上］

［前腔］親齎金帛。陳橋驛。如隔天涯。［内喊介末衆］殺聲四起。晝昏霾。怎脱得這狠豺。教人膽戰心驚駭。教人膽戰心驚駭。［末］已到新蔡門。喚守門軍。快開城門。［雜呌介内應］什麼人。大膽呌門。［末］王丞相府差出城的。［内應］既是王丞相差來的。

討文引來驗。（末照引介）（內應）開門。（末軍士車夫同上）教人膽戰心驚駭。教人膽戰心驚駭。（下）

（前腔）（小淨便服上）氷山已壞。悔當年作事全乖。今朝行路苦難捱。生恐怕被人猜。咳。老天老天。只求保得微軀在。只求保得微軀在。

自古道無平不陂。無往不復。我王黼受朝廷許多厚恩。倒把一個江山送了。如今掌幹離丞相。與我暗約。教我且作歸計。改日自有用

這個相知斷他想着不則從有網羅何以致之

處。萬萬家貲。已着掌家的。先押出城去了。我如今也趁蚤走罷。只一件。我平日害人最多。見我回家。那班人定來筭帳。却怎麽好。（思介）我有個相知在雍丘縣。且到那裏去。暫住幾時。再作道理。此間已是新蔡門。不免叫門則個。掌門的官兒那裏。（雜扮守門官上）朝朝開玉帳。夜夜臥金鉦。譏察非常事。監門役豈輕。掌城門。指揮磕爺頭。（小淨）我奉密旨。出城公

閒言閒語數句饒有淡趣

幹快開城門。〔雜應〕曉得。〔開介〕〔小淨出雜送介〕掌門指揮候送爺。〔小淨〕去罷。不消了。〔小淨下〕〔雜〕你看王丞相先將行李打發出城。此去定有蹺蹊。朝廷這般待他。一遇有事。就飄然而往。要那臣子何幹。我且坐在此看他。可轉來。

〔老旦上叫〕素娘快來。〔旦急上〕

〔前腔〕擔驚擔害。整終朝懷着鬼胎。〔見介老旦〕素娘好了。方纔王黼丞相出城。我每快快趍此機

這机會刦也難得

逼出脚色花婆之名何讓王黼

會。哄他出去。[旦]倘或盤問如何。[老旦]若還盤問我安排。[見雜介][老旦]快開門。[雜]你兩個婦人。那裏去的。敢來叫門。[老旦]我是丞相府女裙釵。方纔丞相前來。我每一時走不上遲了一步。你盤詰誰來。[雜]敢是冐名的。[老旦]誰是冐名的。你難道不曉得。我花婆到處名偏大。花婆到處名偏大。

[雜]元來是丞相府花婆。是眞的了。只是你敢

不是一番硬嘴舌却也不能逃脫

逃走出去的麼老旦你敢是阻當我麼叫云老爺轉來雜駭介請穩便國事懸敵國權奸狎婦人下老旦且喜已出城門前面都是金兵我每還要脫這虎口纔得性命旦呀你看前邊無數韃虜來了且躲在一邊等他去了再走暫下雜扮韃兵上快趕快趕方纔見許多人推着許多車子過去說是王黼家的必然是重貨咱們盡去追趕追得來時一半解

闇然消歇無餘此際畧見大槩

越調過曲此調有二體此與荊釵記子嗣慳畧同若與琵琶記祼渺漠則有異

與老爺。一半衆人分用。饒他走到焰摩天。腳下騰雲須趕上。【下】【旦】【老旦上】【老旦】慚媿慚媿。這些羯奴。幾乎喪在他手。他只見前面許多車子。捨命趕去。你我不就此時脫身。更待何時。

【憶多嬌】【旦】走得我氣已衰。眼倦開。笳鼓喧鳴聲正哀。回首龍城盡草萊。【合】只見林薄雲埋林薄雲埋。屈曲程途怎捱。

可作一幅画图。備怨各圖描寫不盡

〔前腔〕〔老旦〕素娘你。雲鬢歪墜玉釵。山路崎嶇褪繡鞋。欲覓居停門未開。〔合前〕

〔老旦〕天色已晚。前邊有個庵院。且去投宿一宵。明日再行。〔旦〕如此趲行。

淚沾紅粉濕羅巾。劍逐驚波玉委塵。

今日亂離俱是夢。人生莫作婦人身。

王黼欲陷素秋于胡虜而素秋聞訊浮脫反若速之使去素秋為王黼所困而新蔡

之出又若藉其餘威誰弱誰强是怨是德

總是一枰棊局

商調引子今作曲者有以此調作過曲唱遂將第二句改為五字殊不成調

句中字字有血意

顔字攙入寒山韻

魯來不相識何從夢裡來曰是不然夢的便是素秋矣

第十一齣 探訪

【鳳皇閣】（生）黍離宮殿。今古興亡閱遍。銀屏金屋夢覓邊。鏡匣長封嬌面。怕星移斗轉淚濕胭脂損舊顔

玉容何處戍終訣。立向西風淚流血。昨夜分明夢裏來。醒時隱約寒燈滅。自從謝素秋被王黼拘留之後。小生日去探問。並無消息。豈意胡虜犯闕。京城危若纍卵。上皇東幸。新帝

此爲伯喈到雍丘來歷

草草即位。二三奸臣。還在左右。眼見得社稷丘墟。趙氏不血食矣。咳。可嘆可嘆。前日有旨。朝覲官免朝。盡行復職。會試的。亦許暫徃隣郡逃避。事平再來。錢兄已赴雍丘任去了。他去時。曾與小生有約。且到彼暫避。只爲謝素秋。未得便徃。好歹今日再去尋訪一番。若得個下落。也不枉了許多懸想。（走介）你看九廟灰飛。萬家烟滅。銅駝偏生荊棘。石馬埋没蒿

黄鍾入曲
此調絲樓白兎
記俱有之然各
有不同恐有訛
謬
嘗讀晚来風起
花如雪飛入宮
墻不見人与只
今惟有西江月
曾照吳王宮裡
人千古勝國之
感如礮破関山
數語那堪多讀

萊別院秋深黃葉墜寢園春盡碧苔封。好生
傷感人也。
獅子序（生）陵谷變朝市遷。痛宮車碾破關山野（語可班漢卿塞父）
煙更深宮寂寞。晝漏空懸。若論廢興的旋轉。秪
教人愁野鹿。恨宮鶯。妬飛鳶。夢迷春死。只聽得
萬年枝上。日暮啼鵑。
此間已是王黼府前。怎的沒有一人在此。不
免借問一聲。王丞相可在府中。（內答）不在府

人謂此調即東甌令不如此調屬黃鍾東甌令屬南呂也廣寒宮裡句原係八字東甌令止五字只好點兩個寔版而难下掣版如何扭做一調唱得

軍中去了。

太平歌（生）只見重門閉草色連烏雀聲從花外轉。（又問）再借問聲。有個教坊妓女謝素秋在府可曾放出去了。（内答）不曉得。（生）唐環不見沉香遠漢宮難睹昭陽燕。却似廣寒宮裏去覓嬋娟會面杳無緣。

此處杳無尋覓。不免再到他家去。（走介）

賞宮花（生）歌樓在那偏新愁眼欲穿。此間已是他家。寂無一人。定然不曾回了。**客館輪蹄絕。繡閣網蟲沿。昔日酒旗歌板地。今朝誰是拗花仙。**兩處都沒個消息。只得且回到下處。明日打點回去則個。（丑扮差官上）歌殘翡翠簾前月。醉倒巫陽夢裏雲。豈料中原窈窕女。穹廬深處結良緣。自家王丞相府差官。押送歌妓。到軍前去。逶迤行來。已是南薰門了。（朝內介）衆車夫。好好把車子一溜兒擺着。不要攙前落

真中做空中處若一入虜庭縱全璧而返終是沙吒利故事且落詞家窠套試林本遜此遠矣

後。內應〔生〕前面那官兒。說是王丞相差的。不免上前去問聲。或且得個信兒也不可知。〔相見介〕〔生〕尊官拜揖。尊官是何衙門。今欲何往。〔丑〕俺是王丞相府打差官。奉丞相爺鈞旨着送歌妓到斡離丞相軍前去。〔生駭背介〕好古怪。解送歌妓。莫不素秋也在裏頭。〔對介〕請問尊官。歌妓有多少名數。可有一個謝素秋在內。〔丑〕頭名就是他。〔生悲介〕咳。老天老天。罷了。

惟一見花名冊子越越真確

謝素秋。你今番石沉海底。永無見面之期矣。

（丑）我且問你。他是相府中的人。你怎麽就曉得他的名兒。（生悲介）

【降黃龍】（生）堪憐。我與他是中表姻聯。自幼相從。意投情眷。尊官莫哄小生。眞個有謝素秋沒有。

（丑）爲甚哄你。這不是花名冊子。你自看。（生看念）歌舞妓女一百二十名。第一名謝素秋。（生悲介）似羸餅斷綆墜深深井底再出何年尊官。後邊

這段光景却少不得常恨韓君平遇柳姬情趣索然

須字字墮淚纔是當日

那些車子。都是歌妓在內麼（丑）正是（生揖介）尊前望行方便（丑）你要怎麼（生）小生欲與謝素秋說一句話。但相容近車兒一面死也誰怨（丑）你這人莫不風癲的。這是軍情事。好當耍的（生）云我管什麼軍情事。（走近車丑阻介）車夫快快推車兒出城去。快走起。快走起。（推車上走一遭）相逢不下馬。各自奔前程（丑同雜下）（生弔場）縱然有一腔心事對面難宣。

南呂過曲大聖樂或作大勝樂

【大聖樂】（生）素秋素秋。你似明君遠嫁祁連。抱琵琶。馬上眠。明明在第一輛車中。要說句話。也不能勾。素秋我與你這等無緣。似黃昏門掩梨花院人不見月空懸。他那裏載將愁悶征車上。我這裏拾得淒涼逝水前。此夜更長漏永。怕沒個千番腸斷萬遍寃牽。

千山萬水玉人遙。　銅雀春深鎖二喬。
幾處吹笳明月夜。　却教江漢客魂消。

全是一泒虛景所以為佳素秋一厄於固禁再疑于嫁鴈雖真偽有殊自伯嚋觀之則嫁鴈尤甚矣越嘗違阻之苦越知會合之甘若如此相思慕相怨離武林夲浮未曾有

中吕引子

第十二齣　訴懷

滿庭芳　丑　帝里繁華。長安人物。粧成宣政風流。綠窗朱戶十里爛銀鈎。老旦上接唱　一旦刀兵齊舉。旌旗擁百萬貔貅。合　長驅入。歌臺舞榭。風捲落花愁。

旦　一朝鞞鼓揭天來。百二山河當地灰。老旦　驛館夜驚塵土夢。繁華猶自故鄉回。旦　花婆。感得你恩山義海。朧離我虎窟龍潭。如今幸

獮音鮮

正宮傾杯賞芙容同調但末句微有不同

得軍聲漸遠。只是奴家途路生踈。不知還投那條路去好。老旦 素娘。這等亂離世界。惟有全生要緊。若還到冲要去處。恐怕安身不穩。老婢原是雍丘人氏。彼中親戚甚多。況且僻靜。兵獮一時不到。就走這條路何如。旦 但憑花婆指引。老旦 既如此。請這邊投南去。

傾盃玉芙蓉 旦 抵多少烟花三月下楊州。故國休回首。爲甚的別了香閨。辭了瑤臺。冷了琵琶。

情致之語寄思無窮末句妙在無意有意

中呂攤破地錦花疑即此調

是烟花実録內字作去聲唱

斷了箜篌（老旦）怎禁得笳蘆塞北千軍奏怕見那烽火城西百尺樓（合）似青青栁飄零在路頭問長條畢竟屬誰收

（老旦）素娘似你這般風流瀟灑如花似玉向在風塵知心有幾

破地錦（旦）笑悠悠若個是知心友花婆門戶中道路有甚好處恩變做讐但相逢便與兩字綢繆多少鸞鳳誰是鶻鳩鬼狐尤錯認做親骨肉

偏是不見面的相知纔是真相知

【老旦】素娘。每常見你懷着一幅繇像。有詩兒在上。是誰贈的。你這般珍重。【旦】是濟南趙解元。贈我的詩。帶得在此。花婆請看。此人纔是我相知。可惜不曾見面。【老旦】可又是作怪。不要作耍老婢。那裏有不見面的相知。【旦】花婆。誰作耍你。却有個緣故。那趙解元是山東才子。奴家也教坊有名。故此人人說道男中趙伯嚋。女中謝素秋。天下無雙。人間希有。兩邊

中呂過曲

思慕實也多時。他前日到京會試。兩番相訪。止因公事。未曾見面。這是他贈我的詩。不想值此大難。兩邊不知下落。又不知後日得見面否。〔老旦〕原來就是趙解元。前日來參見丞相。老婢也認得。果然好人物。果然是素娘對頭。人言不差。〔旦〕怎麽一個模樣。就說一說我聽。

古輪臺〔老旦〕我見他態夷猶。綠袍新染翠雲流。

說得忒知音花婆倒也未必

懋韵讀作湊

雙眸炯炯星光溜是風流領袖況詩句清新包籠着許多機勾。[旦接]本是織女牽牛。誰料做參辰卯酉。恨無端羯虜拆鸞儔[老旦]似這般風僝雨僽倒有個天長地久。更才子多情佳人畱意。人間傳語三事豈人由。俱輻輳管教百歲咏河洲。

素娘。此間已是雍丘縣界上尋一個僻靜人家。過了今夜明日入城何如。[旦]是如此。

牽扭雍丘句大俗

【尾聲】離鄉背井多出醜。今夜情魂不住陡錯把雍丘做帝丘。

漁陽烽火照函關。漂泊西南天地間。

妾夢不離江水上。人傳郎在鳳凰山。

同一雍丘王黼有相知花婆多親戚素秋以浮萍浪梗得諧姻媾顧恆平生而王黼于此援首是大閑生大結構若武林李洛陽會合有甚緊切

高調引子原有二體一名慶青春今用入聲韻與琵琶夢遠親闌同但不用換頭耳

第十三齣 拯濟

【高陽臺】【外】太液波飜。瀛洲島削。乾、坤、磨、蝎、重、闢。神州腥穢。天河淨洗何日。【貼旦】孤、嫠、謾、恤、機、中、緯。媿、塡、海、無、能、銜、石。【合】夫和婦。楚囚相對血淚潸襟臆。

【外】海門寒日澹無輝。艮嶽樊樓塵亂飛。【貼】不道帳前胡旋舞。有人行酒着青衣。【相見介】【外】下官雍丘縣令錢濟之是也。夫人。下官入覲

這一盤詰是來龍過峽不肰雍丘無數流遷素秋到底埋沒

此篇調過曲舊本原作金井水

之時。四海偃然無事。到京以後。九廟遽爾陵夷。實宇宙之大變。亦我生之不辰。【貼】相公。你雖居下僚。却有民社。聞得胡奴破京以後。便欲乘勢南下。恐有奸細。潛入境中。城門盤詰。不可不謹。【外】夫人言之有理。下官已曾分付各門固守。出入盤詰去了。【貼】請問相公。宋家天下。何以遂至不保。

【金井水紅花】【外】國是賢奸混。天心興廢移。胡馬紅花皂羅予細查各調當是梧蓼金羅與白兎記沽酒誰家好同調蓋前三句是梧葉兒攪京畿下是水紅花山河下是柳搖金漁陽下是皂羅袍也出字非韵

度金微擾京畿中原鼎沸痛恨王黼梁師成這一班奸臣呵。致使翠華東幸。躑躅向江湄。空望斷漢官儀也囉。（貼）山河百二。一朝頓非輪轂三千。難道寸籌莫出。好一似漁陽鼙鼓霓裳釀胚。好一似馬嵬旌旆淋鈴雨催。眼前一瞬。千古與亾異。

（外）夫人下官有那至友趙伯疇。原是山東解元。在京會與同寓。約日下到此暫住。以待京

只此二句寫得交情宛盡

特字差字宜用韻

啼字乃句中暗用韻處或作嚶字非也

溺字亦非韻

城消息。不知近日爲甚。絕無消耗。教我時刻放心不下。（貼）干戈洶湧。道路阻隔。未必便有他故。相公何必掛懷。（外）夫人。下官與趙伯喈河。

【前腔】有月曾同賞無秋不共悲攜手又何時況事參差帶甲滿地（貼）只恐登樓作賦裘敝謾無依（外）聽何處鳥嚶啼也囉（貼）就使裁書錦鯉抒情隴梅又恐道路縱橫竟作石城漂溺（外）我這

讀此令我不能為情孟博洵是有心人

裏西風獨倚殘月夢迴他那裏夕陽揮淚愁雲慘飛神交千里料想心符契

（末扮報事官上）戍鼓斷人行何時見息兵可憐異鄉客挈伴徙孤城自家雍丘縣守城官張千戶是也有事欲禀錢爺奈已退堂只得擊鼓進見（內擊鼓）（外）外邊擊鼓夫人且迴避（貼下）（外）擊鼓的報甚事來（末）小官奉爺鈞令把守城門凡有出入盡行仔細盤詰不敢容

知王鼐知素秋知伯嘯張本一〻從造冊中来何等直捷

仙呂過曲原作解三醒删叙綵樓二記其体甚正自琵琶嘆湛親為刱体而香囊沿而用之訛

情。今有各處逃避來的。盡説爺臺仁政。本縣蕳僻。不遠千里。特來投托。男子婦女。約有幾千。未奉鈞旨。不敢開門放入。（外）你與我問明來歷。要見何方人氏。作何生理。男子婦女。各造一冊開寫花名。呈遞過來。另自有處。（末）冊子小官已造得在此。（遞介）老爺。可憐見這些逃亾百姓呵。

【解三醒】男和女。攜羣挈隊。苦殘形。半帶瘡痍。有

其換頭起句猶未失體後乃騷用喋嘍親句法遂致換頭與起處相似南曲之失體惟此調爲甚

傳鼓而進歷訴逃亡之苦倉皇怵惕亦是忙裡抽閒如文章家遊衍法却少不得吏字宜用韵趄字是魚模韵

多少夫妻半路相抛棄。更有兄尋妹。父覓兒。城頭日暮悲聲起。鬼燐終宵奪月輝。望乞垂仁庇。令投生地。免飼狐狸。

【前腔】（外）痛戎馬四郊多壘。致赤子在在離披。從來保障須仁吏。豈忍見就死溝渠。自斷不是睢陽守。敢坐視蒼生立槁時。你與我速拯濟。開門延入不用趑趄。

天色已晚。速傳令去。凡一應逃難百姓。盡行一見王黼素秋姓名如獲漏網之魚如覩希世之珍令人耳目一醒只是此時王黼若餘炎未燼安肯退甘冊籍若有意避匿豈不改換姓名詞家只求一時快愜此中尚少推敲

放入。却也要小心。恐有奸細。（末）得令。一言傾太嶽萬姓起重泉。（下）（外弔場）且把冊子細查一遍。恐有來歷不明的。（看介）一名王將明。祥符人。好怪。將明是王黼表字。又是祥符。明明是他。到這裏做甚。嗄。是了。他既已賣國。又將竄身。不斬此賊。何以謝天下。但誅之。又恐得罪朝廷。如何是好。

（前腔）他是千載狐。綏綏九尾。兩頭蚖。見者多危。

緱山乘鶴是王子喬故事

唐家林甫吴伯嚭傾社稷覆宫闈當年兩觀誅難緩此日羣黎怨不知好把龍泉礪看白虹貫日斗氣低垂

且再看婦女册子呀一名謝素秋京城教坊妓（笑介）這謝素秋正是我趙伯疇所喜今也來到此伯疇若至却不是一段良緣

（前腔）他兩下情投意施奈阻隔會面偏希豈意緱山巳跨青鸞背問子晋幾時歸若還得遂當

此處引用又似蕭史之字是支思韵一個牌名連唱四曲不用尾聲固是正體

時願始信良緣會有期好把赤繩繫只恐無情紅葉逐水東之

此二事且待日後另自有處

山河萬里竟分支莫向中原歎黍離
往事重觀如敗局水光山色不勝悲

得此雍江一避而巨奸摟首麗媛珠圓雖未竟局而前後神情俱於此綰合所謂滙天目之流而發洄漩之瀉最是喫緊關鍵

正宮引子
數語入詩餘無雅

青塚明妃墓
塞外草白面

第十四齣 思憶

喜遷鶯（生）新豐酒醒正漁笛橫吹客氊猶冷雁塔虛題鴛衾獨抱空勞夢怯覓驚故國秋風楲楲野店寒燈耿耿凝眄處雍丘雲樹馬首遙橫

斷絲弃道邊何日緣長松墮羽別炎洲不復巢梧桐昔有盧莫愁綽約商玲瓏京華多少年門外嘶青驄時多困轗軻白璧淪泥中跨馬從驕虜掩袂泣西風顧如青塚月年年照

此塚獨青

不過一妓女殊非平日契慕深情

漢宮小生會試到京不意遭此亂離春闈不舉功名一事甚覺渺茫就是謝素秋不過一妓女要見一面亦不可得如今送與金人竟成隔世之恨咳幾時紅葉傳芳信那得朱衣暗點頭這也不須說起我想趙氏宗廟已踰百年金人一至勢如壓卵王黼兀自獻計于斡離不欲邀二帝親詣金軍挾之以索重賄國家高官重祿都養了這樣人天下事可知

此正宮過曲雁魚錦其總名也後四段末二句俱犯雁過聲有本心刻總名而不一一分疏固不明白此本每段分出而各以

矣。可嘆可嘆。前日錢孟博赴任之時。曾約到他治所。一來可以避難。二來去京不遠。信息易通。昨日已被我賺出城來。且喜軍聲漸遠。不免取擁丘道上。趲行前去。

【雁魚錦雁過聲】天津桃李春正明。奈天驕一夕傳邊警。鳳輦向氈裘親繫頸。誰知單壘就我愁城。縱千軍誰敵得心兵。佳人嬪虜庭。空落得賺人的詩句為盟證。若妄想見玉容。除是魂夢境。

二三四五犯揭出又似各為一曲矣今雖依原本分出而特為註明以便考訂

元人名筆中如此却不多得文人濃脂膩粉到此多用不着

譜作二犯漁家燈曰三犯者謂是此調中第三曲耳

【二犯漁家傲】孤零合受伶俜便青衫颯沓還指望紅絲定空亾守命一霎兒俏花神變做窮災眚恨胡虜笳拍亂鳴恨奸賊徵歌請盟恨國是渭爲涇三般恨這百年眷豈望能成難憑這漂零異情他那裏泣青山投毳帳做了他鄉鬼我這裏捱白日掩鸞幃博得個癡漢名

【三犯漁家燈】堪驚南北瓜分怎如那秋鴻春鷰飛翰勁耐可當時無繇見面但睹嬌姿今若爲

分字宜用韵

無處寄恨埋怨人言覺渾身骨節靈動

此係撥調中分出不得加四犯二字

筆下有霓虹氣只一句可當百萬雄兵

情書齋夜冷三更夢覺只索把桃頭來整整似這般虛脾動桼相思病何似人言莫浪稱。

四犯喜漁燈玉關一去已成桃梗心知道無由會面豈再圖歡慶但誰無志誠他新詩贈投言言皆動情怎不挂腸割肚難丟捨況孤身遠投陌穽惺惺自惜惺惺堪笑我胸中徒有三千卷筆下曾無百萬兵。

五犯錦纏道謾悲哽這孤踪似風中斷箏漢將

胸中情勃勃吐出覺膈間一快情境逼真全不在詞句上粉粧作調

日徵兵有誰人問及鉛槧經生難歇腳蠅蝸利名沒轉頭鳳鸞形影途次總聞評正是江淹彩筆題空恨宋玉招魂賦不成

千里青雲未致身。五千貂錦喪胡塵。

惟應鮑叔偏憐我　一盞寒燈共故人。

力能扛鼎筆可排雲全是一副真精神打豎得起若目為詞場妙選便非知音

南呂引子

劄字亦用韻妙

第十五齣 試心

生查子（外）客淚墮清笳。爲國憂偏大。知巳遠投劄。心事方撑達。

下官錢濟之。自從復任以來。且喜境內寧靜。戎馬無侵。只爲趙伯疇未知下落。日日懸念。今蚤見城門報單。有個濟南趙解元。喜之不勝。事冗尚未延接。前日謝素秋來逃難。次日喚來看看。果然好個女子。不枉我伯疇這般

句句世情句句真情雖是素秋伯嗜料非此輩孟博好友安可不爲熟籌

致念才子佳人實是良偶兩下都不期而來可不是天作之合我意欲了此一段姻緣故喚素秋進衙他有同來一個老嫗名曰花婆下官令夫人同他兩個另住西衙只有兩件事難處一來謝素秋是妓女風塵心性未知肯隨窮秀才否二來趙伯疇心性顛狂未見時尚且時刻掛念一見之後定然迷戀怎肯把功名着緊今日且教夫人細問素秋一番

麝字宜用韻

是素秋知心是
能書素秋者

若眞個有伯嚋的心。那時另自有處。夫人在那裏。

（前腔）（貼上）官舍絕喧嘩。繡閣薰蘭麝。暮靄照窗紗。樓上晚粧罷。

（相見介）（外）夫人。前日教你看謝素秋行動。果是何如。可做得個良家之婦。（貼）相公。這妮子倒也有些好處。手姿俊雅。可方洛女湘妃。德性溫純。不減少君德耀。絕無綺羅粉黛之態。

豈是尋常庸碌之妻。（外）夫人。我對你說。山東趙伯疇。是天下才子。謝素秋亦天下美人。所以人言把他兩個並說。兩人也各相思慕。但未得見面。今因避難。都來到此。我意欲與他了此一段姻緣。未知素秋心事若何、又不好親自問他。你差丫環喚他過來。盤問一番。我只在裏頭潛聽。看他如何回你。（貼）奴家知道了。（外）才子佳人遇本艱。兩邊衫袖淚痕斑。（外）

只是一盤詰法
非此恐不得素

（下）（貼弔場）懸知玉洞桃千樹。不是仙郎不與攀。梅香。西衙請花婆謝素秋講話。（內應介）

（前腔）（旦）飄泊類楊花。間殺銀箏馬。（老旦）魂夢遠天涯。簷鐵驚初打。

素娘。夫人相喚。和你過去相見。（見各磕頭介）

（貼）今日衙齋無事。特請你二人過來閒講。（旦）（老旦）正該陪侍夫人。（貼）素秋。你本是風月隊裏班頭。花柳叢中領袖。今來棲身在此。恐打

秋真情

詞甚文蔚卻道歷來苦楚句句真實絕不是調唇弄舌

熬不過這般冷淡回夫人說那裏話妾雖身況花柳心切氷霜瑆簪翠鈿何如裙布釵荊蕙質蘭襟寧惹遊絲飛絮但以命遭顛沛忽値充徒肢體苟完心膽都喪拘囚永巷魂飛夜雨窮簷躑躅荒郊腸斷秋風古道已分膏塗野草飼肉於烏鳶血染沙場委身於犬豕詎意命延一綫恩有二天雖落花無主暫爾隨風而貞栢淩冬不妨傲雪夫人聽稟

南呂過曲舊譜作癡冤家

門前冷落車馬稀老大嫁作商人婦不是小小年紀却待何時此間大采

榻字上聲

點得極冷極真

繡帶兒 烟霞性自矜幽雅風塵厭殺繁華 貼 呀你是門戶中人怎好厭得繁華 旦 休題起穽子弟勾欄亦何心賣笑耍琵琶 貼 你小小年紀就想從良敢是說差了 旦 非差錦窩中多少閒驚怕獻風情猶如嚼蠟 貼 你這笙歌隊少甚鸞屏鳳榻怎肯守梅花紙帳清寡

前腔 老旦 休訝他怎敢向夫人行亂囃記當日在路次閒話 貼 他途中曾對你說甚來 老旦 他

閑目極好只是果有本懷不妨直說倘有問津桃源更煩一番抵對

此調有二體與琵琶他意兒雖提起畧同而末句又稍異若琶

說道。怪的是熱鬧喧嘩喜的是清淨瀟灑他還。。有何心上話兒對老婢子說哩（貼）怎麼樣心話你就說說（老旦）非誇佳人才子名並亞鳳求凰。已心通司馬（貼）司馬是誰（老旦欲說旦揑手介）（旦）長途裏無端問荅若對夫人說呵可不羞殺。。人空做話靶

（太師引）（貼）這事兒豈由得他人話好姻緣怎同蟣柤。素秋這人兒我倒也猜得有幾分（老旦）夫

琵細端相則又犯拙調矣

雅謔

好〻二句的是元劇

假埋怨假搪突卻是當日情景鋏字是車遮韻

人那裏就猜得着。（貼）他種得廣寒仙桂你栽成閬苑奇葩。（老旦笑）夫人倒好話只說一個他一個你不說出姓名來可不道他是何人你是誰（貼）花婆。我對你講定然不差的（低唱）他是青齊俊少名四達敢與那人兒有些緣法。（老旦）夫人猜得着猜得着那人兒就是山東趙解元想的也是他要嫁的也是他（旦）你這撮合口胡言亂喳。（背介）天那嘆人民非舊知他在何處彈鋏。

欲得真情這段
却少不得

【老旦】素娘心事。果然如此。只是夫人何以知之。【貼】趙解元是我相公至友。在京時又與同寓。是以盡知。素秋。你把一向往來踪跡。細說一遍。

【前腔】【旦】那解元風雅連城價。譜鴛鴦無端轉咱。盡道是連珠合璧。却無由樽酒盃茶。【貼】這等說來。還不曾會面的。【老旦】蚤是不曾會面。若曾相識。這時候可不想殺了。【貼】不曾見面。為甚這等

這話到此不得不說出末二句再含蓄爲妙

大俗大痴

着緊【旦】人之相知貴相知心。那在見面。相思只爲詩一扎。這情意豈容干罷。【老旦】夫人解元既是相公好友。何不移書去教來下榻。使襄王神女蚤會巫峽。

【外上】偶語風前一笑深。月中人許報佳音。着意種花花不發。等閒插柳柳成陰。【相見介】【外】謝素秋。你的言語。我都聽見。心事亦已盡知。假若趙伯疇在此。你肯伏侍他麼。【旦】賤妾願

首二句是五韵美中四句是臘梅花後是梧葉兒

或帶江河氣天下好妓女豈是官法可能斷合

終身事之萬無他變〔外〕素秋我面前着不得假話後日不要懊悔

〔三換頭〕你是天生俊娃自幼在平康逗耍他是窮酸措大你怎熬得雲寒月寡花婆過來〔老旦〕〔對介〕〔外〕生恐怕先眞後假這其間怎發付那壁廂情懽意洽〔老旦〕老婢曉得爺的意思〔對旦〕素娘這婚姻老爺作主就是官法了既是你有意攀堤柳休別把春情寄落花〔旦接〕但願百歲相

此曲與太平歌似是而非前已注明勿得誤唱

的是一件志誠心

依。肯負今朝葛與瓜。

【東甌令】〔貼〕相公。我聽他一番話。意甚嘉。料想他們。也非是假。他准備着百年姻眷花燭下。肯再逐楊花嫁。〔旦拜介〕若還得遂美生涯。這恩德天來大。

〔外〕夫人。他的志願如此。可敬可喜。素秋。趙解元向有一詩贈你。今還在否。〔旦〕怎敢忘失。

【秋夜月】我着肉籠拏外纏裹絞綃帕〔出詩介〕淚

情至語至

前句與末句不似秋夜月本調字之見俱有同心疊勝

點重重湮花箚。【外接看介】果是他的詞翰。當年秀色猶堪把。【旦接】詩句兒在這答。【淚介】知他流落在那答。

【外】詩稿你且收好。你要見趙解元也不難。只有句話兒。却要依我。趙解元十分注意你這親事不怕不成。只怕旣成之後。便不把功名上緊。趙解元昨日已到在此。你如今却不要說是謝素秋。我衙門西側有所空閒花園。你

此計絶好此想頭何處生出友生情重正亦不碍風流

此調拜月亭與白兔記俱有之俱合古調自陳大聲作散曲表

明日先到那邊住下。隨後就送趙相公來。你只說是園主之女打扮做好人家模樣與他相會一番直待他功名成就方纔說出我自有緣故你兩人再不可泄漏我的言語若有泄漏親事決不得成。〔旦老旦〕謹領老爺嚴命。

〔外〕夫人。你看他。

〔金蓮子〕鬢掩霞粉脂黛綠多嬌姹。〔貼〕怕不似好人家女娃。〔老旦〕素娘。便卸下玉鸞釵一雙雙飛記唱一調字似協而寔不協做一個〻字當用韻而不用當點二版而不點後遂組以為常如此曲怕不似〻字雖不用韻而家字上睛用一韻是亦所謂短柱者也萬不可點版作一句耳

却鬢邊鴉。

尾聲（外）喬打扮身兒詐這些時且裝聾做啞是必莫把這春心漏與他。

網得西施贈別人。烟霞不似往年春。

常疑好事皆虛事。秋草春風老此身。

（外）素秋明日就到園中去花婆且留在衙裡另有用處。（老旦）待老婢送了素娘去就來（外）使得。

此仙呂入双調舊譜增一近字非首句用字妙甚若用平平仄仄即落調矣觀荊釵記往事今朝琵琶記渡水登山二曲可見

原本紅梨記

陽初子塡詞

第十六齣 托寄

【步步嬌】（生）跋涉長途身勞怯悶殺孤單客好事反成嗟萬斛離愁幾時寧帖酒香風冷月初斜助人愁窗外迎風銕

好花移入玉闌干春色無緣得再看樂處豈知愁處苦去時雖易轉時難何年塞上重歸

馬此夜庭中獨舞鸞曠野荒原成獨步可憐辜負月團團小生自離京師來赴錢孟博之約道路艱阻辛苦萬狀且喜已到雍丘兩日去拜他只因軍事倥偬尚未得面今日不免再去正是行止皆無地招尋獨有君論文今夜雨樽酒異時親此間已是衙門前了門上報去濟南趙解元相訪

前腔【外上】知已天涯多周折夢斷梁間月驚聞

此調前曲幾時字此曲紅塵字俱用仄爲妙觀荆釵記用且自云云琵琶記用笋迸云云佳在云云可見

長者車紫烝西關紅塵北闕一樽牢落暮雲心看雄談四座驚玉屑

（外）伯嚋兄那裏（相見介）（外）伯嚋兄想得小弟苦也且喜别來無恙（生）孟博兄湖山如故風景不殊小弟亦幸安穩但時移事改不勝黍離之悲耳（外）伯嚋且把别後京城光景與吾兄所見所聞細細說與小弟知道

（忒忒令）（生）汴京城天驕氣賒趙世廟犬羊蹀躞

如此千古大衰驚天動地豈身在仕籍而绝不相關耶此間大賛

（外）四方有勤王的麽。（生）聊城一箭，又誰人能射。（外）大内如何。（生）痛只痛毁宫墻。（外）二帝若何。（生）走鑾輿。（外）聞得又增了歲幣。（生）增金幣。把天常掃篾。

【沉醉東風】（外）念懷愍青衣可嗟。使義士赤心徒熱。聖上聖上。只爲你用奸邪。把忠良棄撇。等閑間使冠裳碎裂。伯嚭二帝爲何却幸金軍。（生）這都是王黼。獻彼奸計。使金人邀二帝議和。挾之

孟博模棱伯嚋决绝忠肝义膽已窥一班

以索重賄。他又暗與金人相約。先自逃歸。待剋、城之後。往彼聽用。這等奸賊。不斬之何以謝天下。但不知如今潛躲何處。(外)伯嚋。你道這賊子在那裏。他正逃在敝治。小弟已着地方拘留住了。只恐得罪朝廷。尚未屠戮。(生)咳。孟博。**他意似虺蛇。毒似螫蝎。上方劒。請爲君叅决。**

孟博。這等奸賊。猶豫不斬。兄何兒女情多也。

(外)足見吾兄義忿。小弟欲俟便耳。方纔所言。

及詰一番，伯疇肝膽盡吐

裙帶句用一短韻，妙甚

都是朝廷大事。請問吾兄。如今不想謝素秋了麽。在京日嘗相會否。會則所見何如所聞。（生）不說起謝素秋猶可。說起不覺令人可傷。（外駭介）卻爲何來。（生悲介）

【園林好】（生）痛嫦娥遠辭鳳闕。逐胡奴輕投虎穴。（外）他爲甚麽陷身胡虜。（生）說起來。又是王黼那賊臣。因金人勒要歌妓。他竟把謝素秋解去。這時候呵。走萬里金蓮一捻。裙帶怯。玉關雪珮聲

此調第四句今多用平平仄仄此獨確然古調

新詞麗句悽其光景如也摹狀淂出

斷戍樓月。

（外）有這等事。這話果真否。兄還該再到他家去訪問。纔知的實。

江兒水（生）曾向天台路。言尋雲毋車。（外）那時亦何所見。（生）只見冷凄凄門掩瑲琅掣。靜悄悄雲散秦笙徹。昏慘慘天際穿窗月。痛煞煞生離死別。誰知道八句新詩。飜做了陽關三疊。

（外）謝素秋不在家。必有下落。那曉得他解往

一番探問一番对荅從容説破方覓有情

用韻欠妥

金。軍。

尹令（生）那時街坊亂説。閃得我意兒痴呆望得我眼中流血。（外）街坊怎麽説（生）説可惜嬌姿萬里從軍徒哽咽。

（外）伯喈。你也只聽得人言如此。怕不曾親見。

（生）怎麽不曾見。

品令（生）那日呵。慌慌遍尋。却遇在城堞。（外）甚麽所在。（生）在南薰門傍。排遍七香車。（外）這些車子。

到此不覺悲惘信口呼出素秋絶好情景

什麽人在内。却投那裏去的。生都是歌喉舞袖前去投胡羯。外那曉得素秋也在裏頭。生我親將冊看一一把花名開寫。我那素秋呵。他是妓女班頭管領晨風與夜月。

外旣在車中。曾見一面麽。

川撥棹生情悽切。對面間。做了胡與越。眼睜睜望斷車轍。眼睜睜望斷車轍。要相親只爭步兒差迭。麝蘭香。漸漸滅。環珮聲。隱隱絶。

我亦有此想孟博却也道出的曉驀時遠車狂叫悶心入地總見痛切

川撥棹有新增換頭與嘉慶子本不同讀或謂此即換頭謬極矣連環偶來拜月曲與此同讀然端不爲面情相牽句又拗惟拜月亭你一雙母子曲與此得之

（外笑介）就不曾見面車兒旁難道話也不講一句。

【嘉慶子】（生）兩邊心事千萬結奈對面難親話怎説。更軍卒將車推扯。空望斷繡簾遮凝盼處晚山斜。

（外）眞個可惜埋没了。

【尾聲】（生）有緣比對多嬌姐。無緣永別何處也除非是夢裏相逢。與你廝揾歇

說到此恨氣冲天少此一段光景不得

小弟告辭了。（外）辭了小弟。往那裏去。（生）殺王黼去。（外笑介）伯疇又來作耍。你是書生。幹得這事。小弟有個武士。等他來時。就好下手。本該畱兄在衙。只是房屋窄狹。衙西有所空園。極是幽靜。兄去暫住。正好讀書。薪水之費。小弟送來。（生云）小弟在衙內。也出入不便。若如此恰好。

（生）亂離無處不傷情。（外）高館張燈酒復清

（外）今夜月明酒醒處（生）此中多悵悵難平

越調引子

此調用換頭正與詩餘相類如憶秦娥亦有前後段之異此有以芳艸多芳字作襯字殊可咲也

第十七齣 潛窺

【霜天曉角】（旦上）雙眉暗鎖。心事誰知我。舊恨而今較可。新愁去後如何

【前腔】（老旦上）園亭芳艸多。不見王孫過。簷月纔臨青瑣。輕風暗動紅羅。

素娘。好一派月色也。看你香肩半嚲金釵卸。寂寂重門鎖深夜。素魄初離碧海壖。清光已透珠簾罅。（旦）徘徊不語倚闌干。參橫斗落風

露寒。金蓮移步嫌苔濕。猶過薔薇架後看。（老旦）素娘恭喜。趙解元姻事。老爺作主。定然成就了。解元巳在此半月有餘。他臥房就在前邊。你曾瞧見他不曾。（旦）花婆。雖是老爺主婚我心上還不要輕與他相見。（老旦）好好。素娘你丟下一包乾棗兒。倒教老娌子賣査棃。我今番猜着你了。你則道這姻事。雖則老爺十分着緊。還未知趙解元心事如何。故此連日越調過曲與正宮小桃紅有異拜月亭舊本有狀元執盞與嬋娟一曲是此調古式也今此曲第三句除襯字尚用十一字後又多天成就一句此正與散曲

躊躕。不肯輕與厮見。（旦）實是如此。（老旦）讀書人。最是無情。怪不得你料量他。只是趙解元恐不是這樣人。老婢向日曾見來。

【小桃紅】（老旦）他臉兒旖旎性兒和。料不放情兒薄也。怎肯做青樓中沒查沒利謊僂儸。他若見了你嬌娥。直教他蚤忘飡食無多。夜廢寢眼難合也。怎做得陸賈隋何。（旦）這事還仗花婆做美。（老旦）天成就美前程。何須用賣花婆。

內嬙思昔日配春嬌相類與拜月各自一体

下語太很不似本日思慕深情

【下山虎】(旦)則怕他指山賣磨見雀張羅滿口兒如蜜鉢。心同逝波那其間有始無終難開怎合、、生察察將雙頭花蕋搓認我做賠錢貨把疼熱夫妻向腦後睃進退難存坐惹人笑呵這的是引得狠來屋裏窩

(老旦)依老婢說起來。趙解元決不是這樣人若還放心不下。今夜月明如畫。我與你親到他臥房那廂去。試探動靜何如。(旦)這倒好。就

此調有二体如拜月亭他為你晝忌殘其一也此曲前二段比拜月各多一字但只慮二句又有異亦來與撒曲內他那裡紅粧殘一曲相類有作賀新郎又有作怨東君者皆誤

此處宜作低声俏步介方是

此間行。（老旦）素娘。你看好明月也。

【五般宜】（老旦）我愛你到黃昏光搖碧蘿我怪你挂青天冷侵素娥素娘。你仔細些行走身上不冷麼。則恐怕露濕漬纖羅則恐怕樹影參差攪鬆鬢螺。（旦接）只這些曲徑嵯峨。一似我遭逢轗軻但只慮甜話兒落空虛名兒擔悞我

（老旦）此間已是他書房。為何門兒閉上這等月色蚤已睡了不成。（看介）呀。門兒鎖着想是

踏月去了。旦那壁廂有個人影兒敢是他也。我們且躲在太湖石畔看他說些甚麼（虛下）

（生醉上）好月色也。小生旅館無聊。爲友人招飲而去。不覺大醉。帶月而歸。咳有甚心情喫這酒。看這月也。此間已是書房。且進去咱。最是分明夜。翻成黯淡愁。玉人在何處。素裊影空留。（嘆介）

【江頭送別】（生）眉兒上擔不起相思積疴口兒裏

此調有三名或作醉扶歸或作恨薄情又有三体此與散曲為恩情傷懷抱同若拜月意兒裡想另一体矣兒妹閒若雅勸又一体矣其點板

嚥不下玉液金波。何當悶酒樽前過。怪不得到口顛酡。

〔老旦旦虛上聽介〕〔生〕我那謝素秋呵。今晚怎生着小生睡得去也。

〔五韻美〕〔生〕這相思何時可。顫巍巍竹影窗前墮。眼朦朧疑是玉人過。園亭寂寞怎熬得更長冷落。天那。但得個團圞夢夢見他。縱然是一霎歡娛也了却三生證果。

沃有點在樓字上而疑字無板者非

此調一名麻郎兒一名山麻客又有以稭字作楷字者俱非曲譜舊本收入玉露金風一剤黑

夜已深矣。且安排睡去。正是美人隔秋水。落月在高樓。（嘆介）素秋那怎生發付趙汝州也。（下）（老旦旦上）（老旦笑介）素娘何如。我老婢眼珠子。那裡得看差了人。我說趙解元是個有情的。你不聽見麼。

【山麻稭】（老旦）他恨好事無端蹉。好一似天畔黃姑。望斷銀河多磨。他一句句怨着孤辰難躲。料不是王魁浪子。尾生魔漢。宋玉佯哥。

麻調乃誤名為山麻客不知盜紅綃朱門半掩三曲乃正調也，此與散曲記痛別伍二道一曲相同着以拜月凌閣津律之則又多、磨二字

餘音（旦）歡來頓覺愁顏破。（老旦）這佳期休教折挫。半世相思曾教一會見可。

此夜嫦娥應斷腸　故園松月正蒼蒼。

鈿蟬金雁皆零落。　擬托良媒亦自傷。

南呂
重疊唱二句按
曲譜可有可無

可令做小人的
懊恨無地只恐
王黼說得王黼
却省不得

第十八齣 奸竄

【薄媚衮】（小淨上）忙奔走。走出汴城。避到雍丘縣。誰想途中。誰想途中遇着羯奴。行李盡皆獻。單剩老軀。單剩老軀人爭賤。人修怨。苦怎言。地網天羅。何時脫免。

自古道君子落得做個君子。小人枉了做個小人。我王黼遭遇道君皇帝。官登極品。寵冠群僚。只是平日奸佞立心。固寵爲計。哄他朝歡暮樂。不理政事。不數年間。把他一座江山。
弄得三零四碎、把他一個身子。送得七上八
落。那時我王黼。有家難奔。有國難逃。多虧幹
離丞相相約。破京南下、特來召我。我又不敢
回家。一逕避在隣縣雍丘、誰料李綱那廝。死
守京城。不容金人南下、聞得斡離丞相、渡河
而北。我如今想將起來一個好官、被李綱送
了、萬萬家貲被金軍擄了此處又漸漸曉得

我是王太傅。常常有人來跟尋。住不得了。尋思無計可以逃躲。只除追趕前去。若趕得幹離丞相。不愁沒好官做。前日有許多情意在他面上。難道就忘了。但是再沒處僱馬。咳。自古道欲求生富貴。須下死功夫。就走死也說不得。走介

秋夜月小净捨命前。怕甚程途遠。但願仍前官爵顯。從來富貴生於健。走得我氣喘。走得我脚

流芳遺臭伦之臧穀亡羊未知誰非誰是

仕金邦改前非可發大噱粧點小人情景絕[illegible]

軟。

〔東甌令〕我、想、人、生、世、露、華、鮮、遺、臭、流、芳、各、萬、年。雖然羯虜同豺犬但富貴堪留戀若還得遂我心田。寧想舊家園。

〔劉潑帽〕當原作事真乖舛沒來由把他家國棄捐。〔作跪介〕老、天、老、天、我。王、黼、願、改、前、非、去。仕、金、邦、若。再、如、此、欺、君、悮、國、就、對、天、日、發、下、一、誓、願。若還再把邪謀展。願。折證青天世世裏貧和賤。

其体亦有不唱重叠句者

（内作呐喊云）趕上去趕上去（小淨慌介）

【金錢花】（小淨）聽得鑼鼓聲喧聲喧。敎人膽喪魂牽。魂牽。喊聲四起不知是金軍來迎我。又不知是雍丘縣來追我。（唱）吉凶二字總難言。（拜天介）只怕前途裏鬼魂纏。脫得去謝蒼天。脫得去謝蒼天。

（内作呐喊）（小淨拜天介）但願蒼天保祐。蚤達金軍。正是不戀故鄉生處好。受恩深處便爲

家
下

此僕誦引子也人多不知為引子故於香囊浣紗各引子皆以不須提起蔡伯喈音誦唱之可嘆狀有二体此曲第二句五字第四句七字與張于湖東風巷陌暮雲驕同調

第十九齣 初會

【風入松慢】（生上）今宵醉醒倍淒清。蚕月印窗櫺。好天良夜成虛景。青鸞杳。好事難成。翡翠情牽金屋。鴛鴦夢斷瑤笙。

獨坐傷春不忍眠。信知一刻值千錢。庭中淡淡梨花月。偏透疎櫺落枕邊。小生昨為友人招飲。踏月而歸。意興蕭然。只得閉門獨寢。忽聽窗外有人行動。依稀說出素娘兩字。其餘

此仙呂過曲配字宜用平声驚

還有許多言語。聽不詳細。不知我心中牽挂。以致誤聽。又不知眞個有人言及我素秋。那時卽欲開門看個明白。爭奈醉得軟了。動彈不得。只得强睡。爲此今日有人約我看月。推却中酒不赴。今夜月色。不減昨宵。我且坐待。看有人來。務要見個明白。我想起昨宵景致。恰也好美。

【桂枝香】（生）月懸明鏡。好笑我貪盃酩酊。忽聽窗

字宜瓦聲
喁音容
瞢音蒙
既説瞢騰又説細數三更漏
却不自相牴牾

另字非韻

外喁喁。似喚我玉人名姓。我魂飛䰢驚。我魂飛䰢驚。便欲私窺動靜。爭奈酒魂難省。瞢騰。只落得細數三更漏。長吁千百聲。

月色一發皎潔了。

【前腔】我想嫦娥孤另。廣寒清冷。似這般圓缺無常。應自悔升沉不定。看花陰過墻。花陰過墻遮遮映映。映空教我潛潛等等。眼睜睜寂寂寂寂黄昏後。蕭蕭清夜聲。

此譜卧氷記有深沈庭院度年華曲與以名自一体按譜只圖个三字宜訢

坐之良久。四下寂無人聲。不要做了呆漢。且
到庭中步月一回。正是夜闌人不寐。月影在
梨花。（虛下）

風入松慢（旦上）花稍月影正縱橫。愛花塢間行。
潛踪躡足穿芳徑。只圖個美滿前程。豈是河邊
七夕。欣逢天外三星。
奴家謝素秋。向來深慕趙伯疇。未得見面。昨
晚到他書房前去。他正帶醉回來。果然是美

此園林沈醉也
前三句是園林

丈夫。日後前程必遠。又聽得口中喃喃咄咄。似呼我素秋名字。他未見奴家。如此注想。心事可知矣。就與他結個終身之約。料他不做薄倖的勾當。記得前日錢爺分付。教奴家休說出眞姓名來。爲此打扮做艮家模樣。房兒央着花婆看守。獨自來到亭上。只說看月。他若來時。便好與他成就此姻也。

【園林好犯】（旦）我辦着個十分志誠。還仗着繁星

好後是沉醉東風

此沉醉海棠也前五句是沉醉東風還自省以下是月上海棠調有三体如崔護謝得我娘行

證盟一心要百年歡慶。且來到牡丹亭。把羅衫再整。露濕透繡鞋冰冷。只見寒光窅冥。玉繩斜

停。並不見些兒影形。

呀。那邊花枝搖動。似有足聲。敢是伯嚋來也。

我只坐在亭中。看他說些甚麼。

沉醉東風犯（生上）我心不離春風玉屏。望不斷

柳陰花影。小生獨坐不過。來此步月。就欲踪跡

昨夜那說話的。蚤不覺到中庭。呀。什麼影動元

賜水曲其一也鑿井記荷天地神明見憐又其一也此曲則與十孝記看將離人稱鳳毛曲同謂梧桐覆井不是那時景色

來是梧桐覆井。呀。又是什麽響。遠迢迢。犬吠金鈴。（笑介）好笑好笑。只爲昨夜悞聽素娘兩字。害得來眼花耳聾了。還自省。怪不得人稱傻子酸丁。

（旦）正是伯疇來了。想他還不曾瞧見我。且吟詩一首撩撥他。竹樹金聲響。棃花玉骨香。蘭閨久寂寞。此夜恨偏長。（生聽介）（駭介）這是誰人吟詩。詩句又清新。音韻又響亮。

明字承字是句中短韻

軿音屏按韻止叶屏字

好夢盈我亦覺有粉花香氣

【月上海棠犯】（生）我側耳聽此亭豈是蓬山境這分明是個鳳吹鸞笙。（拂眼看介）呀奇怪亭子上放出百道毫光現出一尊嫦娥來。只索拜咱。（拜介）誰知枉霧駕雲軿。倉卒失趨承。恭敬。趙汝州是凡夫陋品。俗眼愚眉。不知天仙下降。有失迴避。伏望恕罪。（旦）我也不是天仙。秀才何須下拜。（生）又奇怪那裏一陣異香。飄拂過去。只見異香滿庭麝蘭不爭。元來是風送着唇脂襲馨。

故意唱極好挑撥

用韻字字合拍

夸獎風流忒煞

我且大膽闖入亭子去飽看一回。〔進介旦唱〕什麼人闖入亭來敢是賊麼。

【好姐姐犯】〔生〕是賊我是鑽穴藍橋尾生警跡人相如薄倖眞贓是何郎面粉韓生香氣凝〔旦〕旣不是賊是什麼人快快說來〔生〕我是狂粉蝶浪雛鸎三春獨掌花權柄三春獨掌花權柄。

〔旦〕不許花言巧語可說眞名姓來〔生〕眞個要眞名姓小生姓趙名汝州濟南人本年解元

說出天下有名才子大俗大陋還成甚佾嚋却不如還未曾娶妻一句含多少逸趣半情

此仙呂入雙調江兒撥棹也前六句是江兒水美頭下是川撥棹

句兩下閑情

年方二十二歲。二月十二花朝生。是天下有名的才子。【旦】元來是趙解元。請上前相見。【見介】【生背云】遠觀未的。近覷方明。天下怎麼有這樣一個女子。

【江兒水】【生】一見消魂魄。光芒射眼睛。羊、脂、玉、碾、蟾、蜍、頸、但、風、流、占、盡、無、餘、剩、添、分毫便不相廝稱。想起來就是謝素秋。敢也只好如此。就與我那多情甚並。【背介】我心要與他敘話片晌。又

這總是偷花手全訣在一轉裡頭

此曲家君二字不宜用平聲如此便失五供養本調矣後二句祀月上海棠

恐他不肯反被搶白呀若顧羞慚事豈成便搶白也索承

請問仙子誰家宅眷爲甚淸夜獨坐在此

五供養犯（旦）妾是王家子姓父做黃堂薤露朝零（生）原來是王太守的小姐尊公旣亡家裏還有誰（旦）萱堂當暮景（生）曾適人否（旦）琴瑟未和鳴（生）今夜爲甚到此（旦）今夜月明人靜繡針罷閒行遣興（生）這園就是宅上麽（旦）家君多逸致

緣一見面便欲邀至書房何太忽遽至閨女郎便要靜夜請教何太平易内家腔調恐不如此武林本小旦扯旦對立介似甚膚甚何如倏忽相遭之要言别情景 妙

手刱此園亭（生）小生爲錢令公送來暫住不知是小姐宅上甚是打攪（旦）雞黍慙無深媿居停（生笑云）小生有緣得遇小姐不知進退欲屈小姐到書齋一敘不知肯那借寸步否書齋也就在前邊（旦）奴家久聞解元大名靜夜正好請教（生喜介）就請同行（挽旦欲走内喊介）小姐那裡老夫人睡覺也（旦慌介）不好了毋親睡覺奴家去也（生止旦旦不畱云）明晚只

在書房相等。黃左側。奴家一准來也。急下

生弔場阿呀小姐你眞去了。撇我趙汝州怎生捱過今宵也。天下怎麼有這等女子。西施王嬙不過如此。且住。我止見小姐面龐身材。不曾見他脚兒大小。方纔打從這堦基去的。你看你看。沙土上可不印下兩個筍尖兒般脚踪。蚤是尋得蚤。若遲了一陣風吹散。怎見此小姐生得十全也。

憎字韻讀作平
寸字不用韻
有謂臨去秋波
不在眼上在脚
下余謂千百而
情處不第在脚
下更妙在脚踪

【玉交枝犯】（生）想他凌波偏稱羅韈內藏着可憎行來旖旎身不定軟紅鞋血染猩猩量來虎口三寸爭幇兒四面都周正怎得他動春情撥酒醒惡心煩自在蹬

罷罷只得回書房捱過這宵明朝是小姐親口許下來的也

【川撥棹犯】（生）只得丼心等又恐到明朝風浪生可恨老夫人再穩腫些兒這好事可不到手也

新舊相牽纔見不忘素秋

雖然他囑付叮嚀。雖然他囑付叮嚀。但凄凉今宵四星敎我擁着孤衾捱長夜生察察把歡娛作悶縈。

【尾聲】（生）書生自昔多薄命。舊相思未了新又迎。新舊相思。何日得稱情。

影伴妖嬈舞袖垂。畱君不住益凄其。
殘窻夜月人何在。相望長吟有所思。

將到手未到手若合若離謎素秋王小姐

是真是假

此黃鐘調一名雙聲疊韻一名鬭雙雞調有三体如南西廂總別院其一也琵琶漫說道因緣事又其一也此又與琵琶天應參同調矣

好箇我也不知本縣錢大爺倒曉得

第廿齣 誅奸

【滴溜子】（末扮張千戶帶二卒急上）奸邪的奸邪的私逃出關如虎豹如虎豹咆吼下山我奉旨前來追趕披星跨玉鞍踰山驀澗要與朝廷掃除巨奸

自家張千戶向來把守雍丘城門前日有個王將明來避難我也不知是甚麼人本縣錢爺倒曉得他就是奸臣王黼一向着地方軟

拘在此誰想他曉得有些不好的消息昨晚

竟私自逃出城去了錢爺着我趕去拏他轉

來又付我一口寶劒說他不肯回時教便殺

了將首級回報卒稟老爺此間是三岔路口

不知該從那一條路趕末南邊是那裏卒南

邊下江去末他到江南何幹投東是那裏卒

投東是祥符他原是祥符人敢是那裏去了

末我想他也不敢過江南也不敢回家若敢

此調第九句有三字者有四字者末二句有九字者有八字者

回家。前日不到這裡來了。聞得他甞與金人有約。還想他收用。一定投那裏去了。我們只投北。望山東一帶追去便了。（卒應同唱前要與朝廷掃除巨奸句下）

【前腔】（小淨上）忙奔走。忙奔走。心寒膽寒。行不上。行不上。千山萬山。追悔當年乖誕。無端喪國家天䶢。落得人離家散。（內喊小淨慌介）何處旌旗。地覆你看你看許多人追趕上來。一定是追我的。無處逃躲。却怎麼好。且不要慌。裝個大帽子。只顧走。不要采他。[末領卒上]可憐一座氷山化作半盆雪水。寄語當權貴人。還須回頭顧尾。自家張千戶。追趕奸臣王黼到此。軍士每。你看前面。有個人獨行。敢就是他。也未可知。你們且住在此。待我獨自上前去問他。[卒應][下][末]王丞相慢走。[小淨不顧走介][末趨揖介]

此南呂也查古曲如八聲拜月金印俱以此爲引子獨琵琶作過曲未知何聲且拜月亭青衲

王丞相老爺。要到那裏去。【小淨】我不認得什麼王丞相。【末背云】我也不認得他。不好就下手。且哄他一哄。【對云】特特趕來。報王老爺喜信。不知他投那一條路去了。【小淨】老哥。報甚麼喜信。可好就對我說說。

【紅衲襖】【末】那王老爺呵。本是朝行第一班殿頭官三千輩孰與攀。只爲犬羊羶羯中原篡。把虎踞龍蟠京國殘。走官家向胡天沙漠間。致公卿

襍八句紅衲襖七句及觀琵琶記紅衲襖亦有用八句者今本祖此余以為必無兩是之理

念二放却幹離不下豈真自分披青蓑做漁樵者只為名心太

落天涯晨星散兩日前京中有書到我錢大爺。說新天子已即位在中山也垂顧元臣特賜環

〔小淨〕這話兒果是真的麼〔末〕怎麼不真。為有這消息錢大爺特着我追請回縣。備人夫送往建康去。

〔前腔〕〔小淨〕一霎兒愁顏變喜顏誰知道風雪中來送炭已自分披青簑做了漁樵漢豈承望着紫衣重入鳳鵷班過來我就是王太傅。王丞相。

熱所以即時敗露

昔日專恣故態不覺復露

既是你來迎我。轎馬頭踏。都在那裏。（末磕頭云）元來正是王老爺。不曉得老爺打這條路來。轎馬頭踏都等在三岔路口。（小淨）你是什麼人。（末跪介）小人是張千戶。（小淨笑介）張千戶。你有造化。你有造化我此去。若得再掌朝權呵。准與你個總兵官當折乾。錢大爺呵。就陞他三級俸也。只當家常飯。可恨可恨。（末）老爺恨誰。（小淨）恨只恨李綱苦死守長安也。把我飯碗衣食盡打翻。

奸臣肝膽每是如此然此言出於復用之時恐

末背云 看這奸賊。倒恨着李老爺。私通金賊的情真了。且盤問他一番。對云 請問老爺李老爺守住京城。金人不敢南下。極是有功的。何故反恨他。小净 你不曉得。幹離丞相。與我最好。他說破京南來。取我去。原做丞相。愼恨李綱那老頭兒。着甚來由。苦死守住汴京。不容他每南下。可不是把我一個好官送了。如今雖然取去。知道官爵可能稱心。李綱李綱。

非人情

如此奸佞須而數其罪明正典刑方快衆怒

若得一朝權在手少不得請下你這顆驢頭。

（末背云）這賊私通胡虜。謀害忠良。死何足惜。錢爺付劍之時。原許便宜行事。只得下了手罷。

（對淨）你看那邊迎接的到了。

（小淨回首末殺介）（淨下）

（前腔）（末）我憑着那上方劍。星斗殘。要誅盡人間無義漢。王黼王黼你急忙忙。走得趙官家無昏旦。却又喜孜孜匿跡潛形出玉關。你但曉得人

一向是涼後東之鑒

聞富貴須當縮那知天道輪廻恰好還今朝伏劍斬元奸也要使未死奸邪骨也寒（下）

第廿一齣 詠梨

【生上】銅龍漏滴已殘更。素魄還留映水明。何事嫦娥音信杳。重門深掩不勝情。小生昨宵得遇小姐。真個溫柔旖旎。絕世無雙。趙伯疇虛生二十二年。未曾見此香奩中物。向來空憶謝素秋。每以不得見面爲恨。如今看了這小姐。難道還勝似他。小姐倒有見憐之意。恨殺那不做美的老夫人。驚覺瞥然去了。約小

西是挨一刻似一夏的光景

此南調也一名金衣公子思字盼字俏字說字俱用去聲極得若作平聲便不發調矣

生今晚到書房相會昨晚怎巴得天明今番又怎巴得到夜且喜已是黃昏時候月又上了好把門兒掩上坐等則個〔閉門介〕

【黃鶯兒】(生)無語靠書窗乍臨風思欲狂且將盼行雲雙眼來打當愁鄉醉鄉更長恨長小姐小姐是你俏聲兒約定在書齋訪小姐為甚信茫茫蛩難道脫空說謊不與做周方

待久不來昨晚不曾睡得不覺睡魔蛩到見

邀一作遲

好做法若不作睡介便做不出慌張景象

睡些、咱。（作睡介雜扮差人上）瑞麟香煖玉芙蓉。畫戟凝輝徹夜紅。信道使君情意重。捲簾邀客月明中。小人雍丘縣差人。錢爺差請趙相公看月。此間已是寓所。書房門尚閉。不免低低喚聲。趙相公。趙相公。（生驚醒）呀。小姐來了。（急出開門抱雜介）小姐小姐小姐。想得趙汝州苦也。（雜）趙相公。小人是本縣差人。不是什麼小姐。（生看笑介）偶然睡去。魂夢顛倒。你是誰

催他快行動恍

星伯嘯此際

差來的。這番晚來敲我門。〔雜〕小人奉錢爺鈞旨。説日間政事多冗。乘此清夜。請相公看月。〔生〕我身子不快。不耐煩看月。煩你拜上錢爺罷。〔雜〕相公好好兒在這裏。怎麽説了看月。就不快起來。小人恐錢爺見責。不敢去回覆。〔生〕沒奈何。央及你回了罷。説趙相公身子不快。已睡覺了。你快行動些兒罷麽。〔雜〕既如此。小人只得去了。頻令北海樽虛設。〔下生弔場〕還

却不道是天下最不知趣的是錢孟博偏是一番邀賞打諢極妙

望西廂月倍明。天下最不知趣的是錢孟博。許多時不來請我喫酒。偏揀今日。我那有心情看什麽月。方纔差人不肯出門。只怕小姐正來却没躲閃。如今去了。纔覺自在。時近二鼓。月已中天。不見一些動靜。敢是又成虛話了。不免捱進昨夜亭子邊去。打聽個眞消息。

〔行介〕此間有太湖石。且在此等候則個。

〔前腔〕〔旦持紅梨花上〕步月下廻廊。露溶溶濕繡

澀字𩴾字俱淂荊字柬字還宜

用天爲紗王字是短韻

如鶯簧風吹讀之魂銷

裳想荊王已先到陽臺上。你看這花枝呵。經幾多風狂雨狂。惹得個蜂忙蝶忙。怎能勾東君愛護金鈴障。呀。前邊太湖石畔遮遮掩掩似有人行動。我且低低喚一聲。前邊不是趙解元麼。（生）（驚介低應）趙汝州在此。小姐你來了。果是有心人也。我望東墻魂飛魄蕩。只聽得小語喚檀郎。小姐那借一步。前邊就是小生的臥房。（旦）奴家正欲相訪。（生）小姐路上苔滑難走。小生扶

此南調過曲點字原不必用韻房字是句中暗韻

一扶何如（生挽同行介）

水紅花（生）蒼苔立遍意徬徨月昏黃角門聲響金鈴小犬吠聲長石闌旁怕有行人來往悄悄潛踪躡跡嫌殺月兒光且喜到書房也囉

（生）此間已是小生書房就請小姐進去（進介）

（生跪云）小姐今日下臨就如上元之降封涉麻姑之過方平蘭香之嫁張碩彩鸞之遇文簫只是趙汝州有何德能消受得起（旦）解元

二詩俱清新著移易不動畢竟還讓素秋先們嗬安見得不可以咏紅梅

天下奇才。妾在閨中。聞名已久。今宵之遇。豈偶然也。(生)小姐手中所持。是什麽花。(旦)是一枝紅梨花。元是異種。奴家生平最喜歡他。開時時刻不教放手。今日攜來欲博解元題咏耳。(生)借來一看。果是異種。但聞梨花白雪香。紅的委實未見。小生胡謅一絕。小姐休笑。換却氷肌玉骨胎。丹心吐出異香來。武陵溪畔人休說。只恐夭桃不敢開。(旦)好高才也。奴家

此齣調過曲首段是黃鶯兒中三句是水紅花徧稱下皂羅袍望字是曲中短韻

也要請教。本分天然白雪香。誰知今日換濃粧。鞦韆院落溶溶月。羞覩紅脂壓海棠。(生)拍手云 海棠怎比得他。奇才奇才。椒花柳葉。俱在下風。小姐在上。名花在側。趙汝州何人。有此福量。知是夢裏睡裏。你看這花枝呵。

【鶯花早】(生)一似睡起未施粧。浴溫泉丰度狂名。花傾國何相讓。誰承望幽齋寂寞春偏釀。態郎當。(旦)意難忘。剛笑何郎曾傅粉。絕憐荀令愛薰

何晏面白如傅粉常以湯餅汗出拭之愈白荀令君至人家三日坐席猶香襄陽記東夷初識令君香

按猫兒墜本調無妨下上宜用二字作一句今又别得句疑犯他調矣

香。（生）偏稱沉香亭畔。昭陽殿旁。須把絳綃朝護錦障夜藏流鶯。那許輕相向。

（生）小姐夜深了。（旦）且再坐坐。你把旖旎兒裝着這花。就燈下再看一回。（生插花介）（旦）解元。權把他做個花燭何如。

【猫兒墜】（旦）你看花簪鉼底。銀燭吐輝光。花燭爭輝夜未央。但願得燭明花豔永無妨。（生）又願得花燭雙雙照畫堂。燭照花芳。地久天長。

二三四

供養紅梨便爲
計𦖭張本

【尾聲】(合)今宵始覺情歡暢。生恐怕匹賴雞聲報曉忪。把我無限恩情𠹭斷腸。

(旦)解元你。把這花兒供養着。添些新水。奴家時常要看的。(生)敢不小心。夜深矣。睡去罷。

花潭竹樹傍幽蹊。歌舞留人月易低。
驚起芙蓉新睡足。倚風情態被春迷。

直到此齣方出紅梨花由此酬咏由此計𦖭由此永慶節節生出是一部大總關竅

以就名紅梨花何等貼切若武林本雖托
此名目其關情處去此甯讓矣

此仙吕引子也第一第三句不必用韵今句句用之更见作手

第廿二齣 促試

【番卜算】(外)仗劍斬奸諛。朝宁方清楚。羽書又喜報平胡。夙憤今朝吐。

時時抱國憂。白髮朝驚陡。寥濶故人情。何時一樽酒。下官錢濟之。向因金酋入寇。日夜憂煎。且喜近日邊報稍寧。斡離不撤圍而去。這都是李少傅居守之功。雖是二帝北狩於朔漠。幸得康王即位於金陵。臣民有主。社稷可

時字一作相字
二句平仄韻調

復。奸臣王黼。昨已遣人誅之於境上。心下稍快。只是連日無暇。不曾與趙伯疇敘闊。前晚月下。邀他一坐。不知爲甚托病不來。我想謝素秋在彼。必定爲他。不肯赴飲。聽得新天子即位。要開選場。昨日差人去催他赴試。再三不肯。却怎麽好。今番又遣人去了。未見回報。且待花婆來時問個端的。再作道理。

【前腔】(老旦)魚水意相孚。寸步時回顧。夢魂兒不

字ミ合拍

不来喫酒便自不肯應試何須再問

想到皇都迷却青雲路。

老婢花婆。向同素娘。在西園居住。今蚤錢爺着人來喚。須索進見。〔見介〕老爺。花婆磕頭。〔外〕起來。我問你。趙解元與謝素秋恰是怎麼。〔老旦〕老爺。不要說起。果是佳人才子。果是一對夫妻。如今兩下如膠似漆。一步兒不肯相離哩。〔外〕前晚請他喫酒。爲甚不來。〔老旦〕他那有心腸喫老爺的酒。〔外〕兩日差人催他應試。爲

仙呂過曲有二體第一第二句有用重疊字者此變体也若鵬程万里句則不如第二支嬾向紗窓句平仄得正矣

甚不去。〔老旦〕他那有心腸去會試。〔外〕那謝素秋。不曾說出眞名姓來麼。〔老旦〕他不敢說。趙解元一些也不知。〔外〕這纔是花婆。

〔醉扶歸〕他被麗情迷入桃源路。壯心忘却杏園圖。鵬程萬里興偏孤。干費了燈下十年苦。蚤難道黃鸎兒不弱玉蟾蜍。可不道書中有女顏如玉。

〔前腔〕〔老旦〕老爺。他兩個呵。一個是爲雲爲雨巫

翥字非韻

娥女一個是多愁多病馬相如一個嬾向紗窗繡羅襦一個無心對月浮綠醑則待要夜去明來來歡娛誰曾想天衢雲路輕飛翥

（丑扮差人上）橋有銷魂處盃多滴淚斟浮雲遊子意落日故人情小人奉錢爺的差請趙相公赴試特來回覆呀老爺在後堂不免竟入（老旦上虛下）（丑見磕頭介）蒙爺差請趙相公赴試趙相公再三不肯去（外）他如何說（丑）趙

伯喈之戀素秋宜也素秋慷慨節俠當如李娃之於鄭生若一味迷戀終是花柳風味

相公起初說。信息恐還未的。試期尚蚤。後來一發見怪老爺起來。【外】爲何怪我。【丑】說在此打攪老爺。甚是不安。也要回家去。【外】你自迴避。【丑應下】【外】花婆那裏。【老旦】趙相公如何。【外】他只是不肯去。京中限期甚迫。只在半月內取齊。此去建康。尚有千餘里。必定明後日便起身。纔不悞事。【老旦】老娘纔不曾見趙解元。却聽得素娘說那解元。正好不肯去會試哩。

名字倚字平仄俱可紅字喪艸字俱得但叢字宜仄耳七字繡字人多用平不知亦可用仄不得以失調議之也

【皂羅袍】〔老旦〕他把名利輕如糞土。正偎紅倚翠。豈肯向衰艸荒途。他説花叢鸎鷰恰相呼。榜中龍虎何心赴。〔合〕可惜他才高七步。賦將兩都錦心繡腹隱豹鳳雛。却爲柳營花陣都擔悞。

【前腔】〔外〕喜得文場初舉。奈限期甚迫。途路盤紆。禹門三月浪應虛。陽臺十二雲飄阻。〔合前〕

〔外〕花婆。你對他説這是園主之女。豈可久戀。倘錢爺知道。豈不乏趣。就是別處漏泄連錢爺分上也不好看。[老旦笑]他兩個油鍋兒般熱得緊。老爺這等不着緊的話。一年也不起身。老婢倒有一計在此。老爺只備下鞍馬盤纏。老婢逞着嘴頭子。管教他即日上路。[外]你如何說得他心轉。[老旦]老婢自有計兒。今日且不好就說。[外]如此却好。你就去。等你回話。

詔書前日下丹霄。京兆田郎蚤見招。

明日放翁東閣去。春風催馬洛陽橋。

茜音蒨

意態辣狂把功名不值半錢方

第廿三齣　討賺

(生)茜裙紫衲映猩紅。飛絮輕颺花信風。好景更兼逢窈窕。千金一刻語非空。小生自遇王小姐之後。不覺神魂飄蕩。廢寢忘飧。天下怎麼有這等樣美人。便覺功名富貴。盡皆輕了。好笑錢孟博。只管來催我去會試。雖則是他好意。他那知我心上事。就把一個狀元撇在街上。小生怎耐煩別了那人。遠遠去拾他回

是少年豪俠光景

來。昨日被我發作了幾句。想必今後不差人來了。就再來我也只是不去。且慢慢再住幾時。只一件。小姐雖則綢繆繾綣。但是夜去明來。怎得尋個計較。日間相聚便好。待他今晚來時。把這話對他商議。昨日有客來訪。今日要去答拜。不免趁蚤去了就回。〔關門介〕掩却白雲關。言尋青眼客。〔下〕〔老旦提籃上〕老婢花婆是也。領錢爺命。去請趙解元赴京會試。提

此仙呂也將字
見字俱襯字

此調按曲譜徵
有不協人多議
之不知仙呂中
如後庭花青哥
兒及此調等曲
原不拘句字可
隨意增損者不
則西廂內謝張

着這籃兒。西園採花去走一遭也呵。

【北點絳脣】只爲着年老甘貧。滿街厮趁。提着個匾籃兒。爲營運。且度朝昏。將花朵兒作資本。

【北混江龍】入的園來。好花卉也。你看那洛陽丰韻。三春紅紫鬭精神。白的白碧桃初綻。紅的紅仙杏芳芬。嬌滴滴海棠開。噴香馥馥含笑氤氳。呀。什麼人扯住我。（笑介）元來是牡丹枝挂住了團花襖。薔薇刺抓扎起石榴裙。（拂袖介）爲甚的

生仲老等曲又豈盡協耶人太浮謀之否

蝶飜了兩翅粉蜂惹的滿頭紛紛非關是金谷園中千朶豔端只爲賣花人頭上一枝春把蜂蝶來引引引。

呀遠遠的趙解元來了也喒只顧採花看他問喒不問喒（生）可憐妖豔正當時剛被狂風一夜吹今日流鶯來舊處百般言語怨空枝小生方纔拜友而歸已到寓所呀什麽人在那裏採花我且上前去問一聲兀那老婆子

情景如畫

爲甚採俺家的花朶。（老旦作驚介唱）

【北油葫蘆】驀聽得喚一聲婆子把咱嗔。引三魂嚇的我兢兢戰戰。可也沒逃奔。那哥哥咬定牙。將人狠。我這裏忙伸手將花籃搵。我又不是園主家掌花人。又沒有斗大花門印。爲甚麼平白地將他花枝來損。只得上前去告個不是咱。（見介）哥哥老婢子萬福。（生回揖）（老旦）折了花枝是老婢子不是了。望乞恕咱。別的休說。只可看我貧

喜津之宜用去
次平刹字宜平
貧字疼字宜去

老又單身。

（生笑云）這也罷了。

北天下樂（老旦）則見他叉手忙將禮數論回也

波嗔喜津津。（生）婆子。我看你年紀老了。採這許

多花何用。難道自已帶他。（老旦）老婢沒福插帶

他。止因爲老年人沒討度饔飧。採將來賣幾文。

賣得來換米薪。常言道人怕老來貧。

（生）原來你賣花爲活。這也罷了。你只傾出來。

送一箇人四字他本爾無不知正見伯時觸處懷人何等趣甚乃刪之耶

門字宜仄我愛他宜作平平仄報平句宜用仄平仄仄平

我逐一看看或有用得的就問你買幾枝兒送一個人。（老旦做傾取一枝遞生介）（生）這是竹葉兒。插又插不的。帶又帶不的。要他則甚。（老旦）要他打底。哥。不爭你提起竹葉來。

（北那吒令）想當初李白的開樽虛疑是故人王猷的。造門不須問主人。我愛他絕塵報平安好信。哥。這竹有許多好處。搖風月梢拂雲傲冰霜無淄磷。你不見麼。湘江上二女淚斑痕。

第二句用仄平平韻韻協餘各妥當但襯字宜分耳

（生）再取一種來看。（老旦）取遞介（生）這是桃花。沒甚希罕要他何用。

【北鵲踏枝】（老旦）這桃花從蓬島分休則向玄都問誰知道前度劉郎再來時面貌堪嚬不争的把漁郎勾引惹得人急穰穰争去問迷津。

（生）再取一種來看。（老旦）取遞介（生）這是海棠花也沒有甚希罕。

【北勝葫蘆】（老旦）杜鵑啼血感離人。粧點上陽春。

雖從元劇翻出
而丰韻殊勝

嬌似紅脂嫩臙粉。這花夜間看最好。倚東風睡足高燒銀燭爛熳月黃昏。

生 再取一種來看。老旦 止有柳枝兒了。生 這一發沒用。老旦 偏有楊柳最可恨。

么 他在渭城客舍鬭清新。慣會送行人。蚤巳是章臺今日長條盡。則看他迎風嫋嫋籠烟裊裊腸斷壩橋濱。

生 你籃兒裏還有別種麼。老旦 你不見這籃

異花何人所贈便可輕送與人

小小照應

都空空的再沒有了生元來只這幾種並沒奇異値得幾文錢老旦這園中也只有這幾種生難道只有這幾種我倒有一種異花在那裏可憐你又老又貧送與你去多賣幾文錢何如老旦哥生受你借來看看生我好好供養在書房內待我取出來取花介這不是你可認得這種花叫甚名兒老旦看做驚介呀有鬼也有鬼也生婆子青天白日有甚麼

一見這花便驚惶便悲惘一時遂出方爲逼真說誤了賣花尒何緩散之極

鬼你見這花却怎生驚駭起來〔老旦〕苦哥却不知這不是人間的花這是鬼花〔生〕胡說鬼那裏有花要你說個明白〔老旦〕慌了老婢子賣花也明日來和你說〔生〕婆子休去你且說一個明白〔老旦〕我說來你休害怕〔生〕我不怕〔老旦〕哥這花園是誰家的〔生〕是王太守家的〔老旦〕你可知道葢花園的緣故麽〔生〕不知〔老旦〕王太守有個小姐性愛看花故此葢這所

花園。到得春間。萬花開綻。那小姐日日坐在亭子上看花。不意墻外有一秀才。闖入園中。與小姐四目相覷。兩情惓戀。只沒處下手。那小姐終朝思想。害相思病死了。王太守與夫人捨不得他遠離。就埋在亭子後邊。那一靈不散。他塚墩上。就長出一棵樹來。開的是紅梨花。那小姐每遇花開時。風清月朗之夜。常常現形。坐在亭子裏。只要纏擾年紀小的秀

只須閒閒踈動彼自惧怯若必欲句句打叠可不惹疑做着伯疇轉問花婆小姐是兒叫小姐回轉是誰花婆

才。（生）怕介（老旦）哭科（生）婆子。却爲何哭起來。（老旦）老婢有個孩兒。也是秀才。爲那城中熱鬧。借此花園看書。看書困倦。只見月明如晝。捱到亭子邊去散步。不意亭子裏起陣怪風。現出一個如花似玉的小娘子。與我孩兒四目相窺。兩情惓戀。當夜就要到孩兒書房中。只見亭子後邊大叫。説老夫人睡醒了。那小姐倉惶而去。説明晚又來。到得明晚。果然又

怎生搭應

問的呆答的乖曾聞不曾見却是句句說謊句句真確

到孩兒書房中來。手中携一枝紅梨花。那時孩兒年紀小。春心蕩漾。與他那話兒了。從此以後。夜夜來明去。勾不上一月。把孩兒送死了。咳可憐可憐。如今止存得一個老身。好苦也。【又哭介】【生作怕介云】婆子。你可曾見怎麼一個模樣【老旦】老身那裏得見。止聽得孩兒臨危時說。

【寄生草】他梳粧巧打扮新。藕絲裳愛把纖紅襯。

櫻字宜仄小字宜平

眉彎新月微微暈。櫻桃小口時時哂。青螺小髻挽烏雲。千般淹潤都裝盡。

（生）這一會兒不由的害怕。（老旦）呸呸。有鬼也。有鬼也。哥你看怪風來了也。

（云）足律律旋風刮黃登登幾縷塵。咳王小姐。王小姐。你把我孩兒纏死。真甚憫。你送得我老年孤獨無投奔。你今朝又待將咱近。（老旦折桃枝）

（介）（生）這是桃枝。要他何用。（老旦）哥。我那裏去尋法師仗劍頌天蓬。先打憑孃五十生桃棍。

（生）婆子。你不說我那裏知道。兀的不諕殺我也。（老旦）這裏不是久站之所。我去也。（生）扯住云。沒奈何。你再伴我一會兒。（老旦）哥你莫不也着他手了。說與我聽。（生）我死也我死也說不出說不出。（老旦）咳。小姐小姐。

（賺煞尾）我與你生前本無仇。今日個賺得無人問。你何不把陰靈忖忖。但只顧將平人來害損。

臨去一言是當心針令人毛骨俱竦

你便是追人命腦凶神女弔客母喪門天魔祟撲子弟野狐涎打郎君則恐罪業深地獄近下阿鼻絕人身（哭介）我那兒呵可憐你三載幽魂何處沉淪咳且喜波得這位哥可蚤有替代你生天路兒穩（老旦下）

翠眉嬋鬢原是向骨生涯假若顛倒衾裯纏綿粉黛怎見謙素秋不是句命鬼世愚

四上六

殊不省得

想此時定當如是

第廿四齣 辭行

（生吊場叫）婆子。轉來轉來。呀。他去了。這會兒一發害怕。我那知這小姐。倒是個鬼。如今怎麽好。也罷。建業開科。錢孟博幾次來催。止爲着那些頭惱不肯去。如今只得去了。（思介）琴劒書箱。都在這書房裏。怎麽敢再進去取他、、、、、、、就撇下罷了。只今日快去別了孟博。就與他借些盤纏。快快上路去罷。（走介）此間已是雍

孟博大有濟勝之具只須整行裝速之使去並不面別此中便藏許多機彀

丘縣前門兒閉着。敢是孟博不在衙。呀門上有人麼。雜扮差人上呀。元來是趙相公。老爺不在衙。生那裏去了。雜下鄉勸農去了。正好不得回來哩。相公可有什麼要緊話說。生我來別老爺。去會試。怎得他回來。雜相公幾時去。生今日就起身去了。雜老爺出衙之時。曾分付小人。若趙相公起身會試。教把禮物送上。就着小人跟隨前去。這是老爺禮帖。生看

此中呂也調有二体此與琵琶書寄鄉關等曲同調詔字宜用平綠衣襲〻宜用平〻平去朱提鑠〻宜用去平〻去幾〻不拘耳

帖云路資二十兩春衣二一襲外又轎一乘馬一匹呀孟博你這等週全我也（雜）老爺着小人拜上相公（唱）

駐馬聽詔選奇才建業新都文苑開請相公疾忙前去脫却泥途蛋上金臺綠衣襲襲稱身裁朱提鑠鑠生光彩（合）行李安排長途穩便何須佈擺

前腔（生）淪落天涯知已難逢伯樂偕感得你市

中一顧價倍三千。怎竭駑駘。（背云）想起那花園鬼祟。好不怕人也。（低唱）連宵摟抱、鬼裙釵。險些兒性命因他害。公差。只是不曾面辭得老爺。怎麼好。欲待回來。只恐怕選期迫促。一時不迨。

（雜）老爺原說不消等別了。就請相公上路趲行罷。（生）既如此。即便起程罷。

別酒纔斟先淚流。飄零合負一春愁。

浮雲聚散原無定。今夜相思月滿樓。

二六六

原本紅梨記

陽初子塡辭

第廿五齣　憶主

仙呂入雙調曰作平第四句宜用仄平〻仄平後作平

【普賢歌】（丑）平生學得會燒湯。打水挑柴日夜忙。誰知起禍殃。國破又家亡。單剩得區區沒倚仗。

小人是謝家一個伻頭。從幼跟隨素娘。喜得我素娘做了上廳行首。往來的都是大來頭。我小人跟隨一日。極少也得他一兩賞錢。誰知惱了王黼那直娘的。拏回去監在家裏。剛剛遇了韃子來打城。那直娘的。竟把我素娘送與他去了。撇得我一身。不尷不尬。那韃子也狠得緊。把皇帝太子。宮妃采女。盡與擄了去。又把汴京城裏人。十停殺了九停。那時節我沒奈何。只得將素娘存下那些東西。拏幾件細軟的。逃出城來。遇着一個江東巨商。賣貨回去。元是素娘識認的。小人將許多苦楚

此處還出絛頭爲後面厭認張本絕好埋伏

此玉抱肚也作胞者非又此調

告訴他。他可憐見我。帶我到建康來。不料新皇帝。也到這裏來建都。兩日出去打聽素娘消息。有認得的。說道不曾跟韃子去。一向在雍丘縣。我一聞得這信。便要到那邊去尋訪。聞得目下開科會試。少不得雍丘縣。也有舉人相公們來。且打聽一個眞消息。去也不遲。我想素娘。其實生得好。其實大有名。

玉胞肚 如花模樣門兒外輪蹄日忙。譚笑處盡原無二体即琵琶千般生受一曲同此体也但其第五句多不由人三字乃襯字耳人不解此反於人字下更添入一不字謂此調另有七句体後四節記邊墻明朝當死四字時曲遂增中心快々四字若是者比々矣如此弋曲總是正體

是鴻儒。典香醪。慣解鸕鷀。是春風一曲杜韋孃。

雲雨巫山枉斷腸。

聞得向在雍丘。這信不知眞否。

【前腔】你一身鞅掌。走南北。山長水長。縱令是未到胡庭這些時。棲止誰旁。月寒山色共蒼蒼。却憶并州是故鄉。

高髻雲鬟宮樣粧。　一枝濃豔露凝香。

寧知艸動風塵起。　墜素翻紅各自傷。

此越調引子也當作祝英臺慢如曰近則是過曲矣然詩餘原作近而此本之詩餘故人多仍之按曲譜有將第五句用六字者又有於春歸去之下添八二字者俱非此調乃是正体不知者無得及議之也

第廿六齣 閨慮

祝英臺近 旦 怨落花。愁芳艸。遊子天涯裏。貼上 底事佳人。悶把闌干倚。老旦 也只爲柳絮黏天。花茵藉地。合 春歸去。音書誰寄。

玉樓春 旦 綠楊芳艸長亭路。年少拋人容易去。貼 樓頭殘夢五更鐘。花底離愁三月雨。老旦 無情不似多情苦。一寸還成千萬縷。合 天涯地角有窮時。只有相思無盡處。旦 老旦 夫人磕頭。〔貼扶介〕素娘。老爺因趙解元赴選。恐怕西園清冷。教奴家請你進來。西衙同住。專待解元喜信。老爺又與你除了樂籍名字。造成一宗從良文卷。解元得意回來。就與你完成好事。今後你我只是姊妹相稱。快不要行這個禮。〔旦〕多謝夫人。只是解元纔得聚首。匆匆又別。行時不會片言。不知怎麼樣就去了花婆。他可曾有甚言語。〔拂淚介〕〔老旦〕老娘見

越調過曲或作祝英臺序

斷橋影落野渡舟橫到處是雄悰別恨

迷一作提

把琴劍三字你在二字依調俱

他兒女情多。風雲氣少。故此把鬼魅事激了他去。並沒一些些言語。

祝英臺（旦）咳。花婆。他是讀書人。心膽怯。何事恐幽微。（老旦）素娘。偏有讀書人最膽大。解元這些些時好在洛陽看花了。（旦）縱使春滿洛陽。待彼來攀我則怕病染憂疑。（老旦）秀才豪氣三千丈。那見就疑心出病來。（旦）休迷。他爲甚的疾速登程。把琴劍書廂拋棄。我那解元呵。這些些時你在何

應作襯字

計字宜用平韻

處字是短韻

第二換頭與起調不同而第三第四換頭甚起處又與第二換頭不同乃此曲出徵二字堪飛二字俱用平平

處飄零無倚。

〔前腔〕〔老旦〕聽啟。他戀着翠圍屏。錦步障。怎卻綠袍喜。因此老婢子呵。將鬼話激行。提醒癡迷。不過是權宜之計。素娘。你休埋怨着我。到底。領春風十二天街一日看花無比 那時節呵。方顯得女蘇張。三寸功奇。

〔前腔〕〔貼〕聞得。新天子下詔徵賢。六月正堪飛。那時我與相公商議呵。此去建業。千里委蛇。只恐

而艳喜二字用平上休提二字須知二字俱用平平而到底二字用去上用字雖似錯綜按調莫非正式

悞却程期。老旦 夫人趙解元此去揷宮花飲御酒素娘豈不願他不爲這上頭煩惱須知他慮的是看遍奇葩又別戀長安佳儷悔臨時未得叮嚀囑記。

前腔 旦 憔悴羞殺我鏡裏孤鸞誰與画雙眉。貼 素娘你愁煩他則甚。旦唱 我有千般悶懷萬種思惟。老旦笑 方纔分手却又蚤萬種思惟了。旦 端不爲鳳折鸞離。貼 既如此爲着什麼。旦 怕歸

此番疑慮侭是不必只恐因疑生病倒是実地情緣

時。認我做狐魅妖魑。怎再肯相偎相倚。可不是賺人高處掇却樓梯。

（老旦）素娘。你再也休慮。趙解元不是這樣人。

紅粧滿面淚闌干。　幾許幽情欲話難。

乍雨乍晴花自落。　東風吹恨滿春山。

南吕過曲
嬾畫眉首字平亦俱可至試字用亦金鸞字用平此正体也如花開花謝悶如醒一曲詞意雖工而音調殊舛舊收之入譜予不解也反字用平或入可也最不宜用上声

第廿七齣 修書

嬾畫眉(生)罷試金鑾日猶懸。作着銀袍色正鮮。相將白日上青天。今朝了却燈窗願。糠粃誰知反在前。

神魚一躍到龍門。喜見天開五色雲。金勒恰宜芳州路。玉鞭偏裊杏園春。趙汝州向來會試。忝中甲科。蒙聖恩擢爲狀元。方纔遊街回來。

此曲用字不如前支恰當如蹄字踏字閬字并還宜改易至瑶樽二字按本文乃正字論調則襯字也
慫恿音総勇

【前腔】只見馬蹄踏遍杏花天。袍色晴拖楊柳烟。擁來飛蓋颺風喧。瑶樽玉觥瓊漿灩。醉倒蓬萊閬苑僊。

下官得有今日。一來虧錢孟博慫恿。二來也虧那花婆提省。我那知西園有鬼。那小姐不是人。說着也還覺毛骨聳然。好笑今蚤去赴宴。有好幾位同年都說謝素秋。不曾往金軍去。只在雍丘住。正不知下官打從雍丘來。並

此處更一提省不令夲色埋沒却不知素秋的詩小姐拿去又不知小姐的詩素秋拿去

無影響這話那裏說起日下正要打發公差去報錢孟博教他跟尋一個明白只可恨素秋贈我一詩被那小姐取去倘或相見問起怎生荅應他正是錦字茫無定同心結不開

（雜扮差人上）捧檄下丹宸迢遙去問津驊騮開要路鵰鶚擁風塵自家雍丘縣差人是也有事報知狀元不免逕入（見介）稟爺小人到中書省去適見除書老爺榮授開封府僉判

有作刮古令非相望句或謂挟調宜七字如荆

（生笑）可喜可喜。（雜）狀元是玉堂貴客。選了外職。爲何喜歡。（生）你那裏知道。我不喜得開封。喜得與你錢爺相聚。公差我在此辭朝領憑。還有許多時擔閣。你先回去。報你錢爺知道。（雜）小人來時。老爺原分付得了喜信。速速回來。小人見下處之人。連日不敢説。（生）既如此。你去取文房四寶來。（雜取介）（生寫介）

【刮鼓令】汝州拜拜宣。念睽違各一天。幸喜得名

叙看承母親不志誠可見不知按講亦有八字者不得執一論也
如妝着色淡勝于濃若作想介悲介書中緩緩叮嚀便俗便小家矣

先群彥。副吾兄屬望專。又幸蚤除銓。相望咫尺。河陽花縣。（笑介）我若教他訪問素秋。只怕又被孟博笑哂。（又笑）若果然訪得眞消息。便笑也由他了。（寫介）聞得素秋相倚在君邊。望君物色幸垂憐。

書已寫完。公差。你今日就去。多多拜上錢爺我等此處諸事稍完。連夜趕來。先到爺縣裏會過。然後赴任。（雜應）領却玉堂話。忙投花縣

趣甚

來。（下）（丑上）神龍不在沼。威鳳豈畢棲。小人是謝家伻頭。昨日長安街上開榜。我也捱去看看好笑。只見第一名。就是我的舊相知。你道是誰。却是濟南趙解元相公。我想他當原。思慕我家姐姐。巴不得一時見面。連我們都有許多好處。他如今中了狀元。我意思要去見見。只恐怕他不比向年了。也罷。放着大膽闖進去。（看介）呀。爲何獨自坐着。趂他閑時。正好

搜神記青蚨虫如蟬殺其毋子各塗八十一錢凡市物或先用子先用毋皆飛歸循環無已

見進磕頭介生你是誰呀是謝家仵頭爲何在此正要問個消息你姐姐在那裏快說快說

前腔丑承尊問淚漣痛秋娘沉九淵聞說道遠從金虜又聽得在雍丘幸免全生你爲何不去訪問個的信丑我欲去苦難前身邊並無青蚨黃匾生也有個信息來麼丑雲山迢遞信音慳生也曾尋個雍丘人問問麼丑無人識熟向誰

故淮南子名錢曰青蚨々々兩家錢也

言。

(生)你倒來得恰好。我寓中乏人。你且在此搭應幾時。只是伴頭名字有人認得。改你叫趙平罷。我已除授開封府。日下就去到任。你就與我打前站。往雍丘經過時。訪個眞消息與我。(丑)曉得。(生)紅牋徒有千行字。赤鯉難逢誰寄將。(生下)(丑弔場笑)凡人不可貌相。海水不可斗量。我伴頭昨日還是小娘身邊燒湯的

句〻是鼻頭口角

前天字淵字此元字俱用平韻原有此体非拘也

龜子今日做了狀元家裏打站的鼻頭別人使盡銀子難得進宅偏我三言兩語便得收留既不識三文兩字又誰知冬夏春秋我仔細思量那世修來的福分何處討來的風流命裏有時定有人生何必強求（笑介）

【前腔】伻頭最有緣恰相逢趙狀元幸喜得一朝收用似癩黑麻飛上天好一個大叔只是沒有好衣帽裝扮衣帽要新鮮怎得好銀一兩買足

屯絹做起一領道袍穿好模好樣向人前。
長官做了大叔。好似麞兒變鹿。
若還主人失勢。須把頭來再縮。

前面憶主是發脉此番進見是過峽後邊識認是結穴只一伻頭結構有武夷九曲之妙

南呂引子原作
小女冠子
州字宜用仄韻
第三句按調宜
用八字然近曲
多有用七字者
不獨此也

第廿八齣 報捷

【女冠子】（外）相知昔日向神州。應醉在曲江頭。魚書未到空回首。喜昨夜燈花開梂。

渭北春天樹。江東日暮雲。何時一樽酒。重與細論文。自從趙伯疇會試去後。心上甚是放不下。這時候想已開榜。爲甚差人還不見回。若論伯疇的才學。果然天下無雙。只爲他迷戀花酒。無志功名。故着花婆。激令前去。此行

南呂過曲
按調譜有收論
荆釵名本輕微
一曲者第二句
云漢梁鴻曾用
聘妻只此便拗
河如此第二句
平仄得宜但末
句宜七字或謂
教字下當有果
字然非原本姑
闕之
口字非韻

定然不虛所望。

【荼子花】論才名。新發吳鈎。便晁董。堪與爲儔。今來棘闈。定然入彀。爲甚的揑音迤逗。倚樓。教人目斷江流。

【前腔】（雜）奉公差。奔走如流。遡長江。千里悠悠。昨朝建業。今日雍丘。報佳音定開笑口。（看介）呀。老爺獨坐後堂。不免進見。（磕頭介）叩首。望公。相垂情聽剖。

蹀躞音牒雪

末句流字用平韻而剖字旨字

外你回來了趙解元消息何如。雜唱

前腔趙解元金榜欣收。外中了進士。殿試在第幾名。雜對丹墀獨占鰲頭。外伯嚋中了狀元。可喜你曾見他遊街麼。雜馬蹄蹀躞春風領袖。外曉得他除授何衙門官職。雜開封府僉書初授。外又選在開封。一發可喜。雜正是趙狀元得了開封的消息。喜之不勝。外他爲何也喜歡。雜他說與老爺是至友。今喜得不時聚首。

又用叹韻葢此調原有二体非誤也

（外）為何先打發你回來。（雜）趙狀元說道辭朝領憑。還有幾時擔閣。恐老爺懸望。先發小人回報。說先到這裏會過老爺。方去到任。書在此。

（刮鼓令）（外）汝州拜拜宣。念睽違各一天。幸喜得名先群彥。副吾兄屬望專。又幸蚤除銓。相望咫尺。河陽花縣。聞得素秋相倚在君邊。望君物色幸垂憐。

孟博之于伯疇全是暗中成就深心密意總見千古所難

以書轉慰素秋正是推心置腹

公差迴避。改日有賞。（雜）寸波皆霈澤。片語郎陽春。（下）（外笑介）伯疇伯疇。你這等注想素秋。不知已先入我彀中矣。

（柰子花）西園中。已結綢繆。有誰知暗裏藏鬮。飛卿已得章臺楊柳。亦何曾入他人手。待他來時。我將盃酒。細說個就中機彀。

且將來書付夫人。教他轉與素秋一看。以慰其心。我想素秋呵。

一度憑闌一度愁。　悔教夫壻覓封矦。

今宵難作刀州夢。　消息眞傳解我憂。

南呂過曲

按古調九曲風濤下尚有一四字句而驫馬句則無重疊唱法今多去古調而用此式不知何所本也

徬徨注想疑假疑真一句有多少意味

第廿九齣　宦遊

【一江風】（生上）（丑隨上）趂東風。襲襲飛花送。臯臯絲韁鞚。望河中。九曲風濤。天際秋雲擁。驫馬厭西東。驫馬厭西東。（丑）老爺此去。便得見俺姐姐了。（生）我那素秋呵。你飄流類轉蓬。又還愁傳語成虛哄。

（丑）稟爺。此處已是雍丘縣界了。可要行一牌去。（生）此是錢爺治所。不消遣牌。（丑）不遣牌。沒

是個打站的鼻頭

中字兄字俱句中短韻末句六字餘襯字也

有頭踏應付。（生）要甚頭踏。

【前腔】驟花驄不強似朱輪擁亦何必頭踏重望仁兄渴欲相從謾把離情控相思千里濃相思千里濃今宵雞黍同蚤難道不入空題鳳。

（丑）禀爺已到雍丘縣前了待小人先去通報縣官好出來迎接（生）不要大驚小怪你押着行李尋個僻靜下處待我拜過錢爺慢慢遣牌到府上任（丑）曉得只因朋誼重翻覺宰官

南呂引子按譜第三句乃八字也如荊釵晉英雄隨我步瀛洲可見今幷認晉字爲襯而七字其常套矣

伯疇作上司纔見驟然貴顯且與狀元選外職相應

輕（下）（生叫）門上有人麽。你報進。說趙狀元相訪。

（步蟾宮）（外）急上思君日夜勞魂夢。喜風雨今宵堪共。銀燈花蕋夜來紅。簾外鵲聲高送。

（生）孟博兄那裏。（外）伯疇兄。你今是錢濟之上司了。爲何牌也不遣。有失迎接。（生笑云）兄說那裏話。我與你髫髦相知。豈以一官而改故吾。說起上司兩字。使弟不勝惶恐。（拜介）（生）微

到此又不說破相會時纔有光景

名幸得慰知心。千里重來喜盍簪。(外)佇聽玄言霏玉屑。呼童煮茗話情深。伯嗜兄。恭喜鰲頭首占。于湯有光。(生)若非孟博兄相成。幾悞前程大事。前日公差回時。小弟曾附入行。煩訪謝素秋。果然在貴治麼。(外)與兄契闊多時。欲言者不止一事。有一盃水酒。先洗了塵。慢慢相告。小廝看酒來。(雜)一盃今夜酒。千里故人心。酒在此。(外)要與伯嗜講些心話。只是衙

西園亦不放過

南呂過曲此調歷考荊釵八義教子江流等曲皆如是有執新臺池閣為梁州序而謂此

齋喧雜。西園倒也寂靜。小厮移酒到西園去罷。（生）西園小弟不去。若到西園。小弟酒都喫不自在了。（外）既如此。小弟有個內書房。就在臥房側首只嫌窄些。就請進去。（行介）（外）小厮廻避。（雜應下）（外送酒）（唱）

【梁州序】羨你才高賈董。搏風力猛。深幸燈窗叨共。（生看桌上梨花驚介背云）呀。這像是紅梨花。看他丰姿如昨。教我意惶心恐。孟博。這是什麼

爲古梁州不知新堂池閣後五句原犯賀新郎非梁州本調也剪綵一法是窮思極慮雖終始一花開合極妙然亦大費周折矣

花。（外）是枝紅梨花。天下皆無。我西園獨有。一月前開得爛熳。今已凋零。小弟喜歡看他。爲此剪綵裝就。供在這裏。這是我西園奇種。名喚紅梨。不、與、衆、卉、相、伯、仲、。（生笑）孟博好混帳。這是鬼花。什麼奇種把來供在此。我只爲這鬼柎妖花。幾送入人鮮豔那裏是異種奇葩。直得費剪工。孟博我、與、你、扭、碎、了、（扭花介）休得要太懞懂。（外）可惜了。伯嚋你。方纔不肯到西園去。見了

此調第二換頭原與首曲無異如此曲載鬼張

這花却又驚恐必有緣故細細說與小弟。

【前腔】（生）但說着西園孽種使我髮毛都悚、說着也是害怕的元來那花園亭子後邊却有個紅顏荒塚他陰靈還聚平白地把人調弄（外）有這等事伯喈不曾遇他麼（生）想那日風清月朗他手執梨花曾結鴛鴦夢（外）伯喈你是讀書人女子私奔也是常事爲何認他做鬼那裏有載鬼張弧乘夜凶還則是有女懷春浥露從何須用

弧二句方是本調若前曲兒析二句不無出入

太疑恐

(生)孟博又來混帳如今不說罷說起連酒都喫不下了。孟博謝素秋可在貴治麼。何不使小第一見。(外)果在此。已被小第取入衙裏。因是不好同住。與寒荆在西衙另住。門兒尚鎖着待。小弟親去。開他過來。暫釋盃中酒。來尋花底春。(下)(生笑整衣巾介)元來素秋果在這裏。可喜可喜。趙汝州你何處來的福量。人間

如許閑目會合中得未曾有

此曲末句犯刮鼓令其第五句亦非太師引本調第不識犯何

三事都全了也（旦老旦上）（旦）秋風紅葉不成媒分付春庭燕子知（老旦）好去將心托明月管教明月上花枝（旦）花婆趙狀元在此只怕他疑我是鬼怎好過去相見（老旦）不妨老婢同你進去（進見生驚叫）有鬼有鬼呸有鬼錢孟博快來

（太師引犯）猛相逢閃得我心兒動甚寃讎把我時時緊從（旦）伯嚋只我便是謝素秋爲甚驚駭

調耳

一本有生云我曉得他道我注想素秋故即假素秋以動我耳數語亦自有味

（生覷介）分明是那人行動。怎說我素秋芳踪。（旦）狀元。我眞個是謝素秋。休認錯了。（生）你是鬼。王小姐今番不被你哄了。（指旦怒介）幾被你無端葬送。怎又來千般摩弄。（老旦）狀元。認得老婢子不認得。（生）好好。你也是個對證。你曾與我在花間訴衷悰。說道孩兒亦爲彼喪其躬。

（老旦）狀元聽老婢子說。這正是謝素秋。不要認錯。

琵琶記這是街坊誰劣相亦此調换頭也雖是古曲然其猛可地句殊升不如此曲只恐怕句為妥

【前腔】與你西園已赴巫山夢。覷多嬌雲裳月容。【生】那裏是人。分明是鬼。【老旦】但只看衣衫有縫。行動處形影相同。【生】既如此。當原爲甚說是王小姐。【老旦】爲是你迷留愛寵。只恐怕阻隔蟾宮。因此上。老婢子與錢老爺定計。激勸狀元。嘶無計。阿奴火攻。只指望狀元及蚤獵飛熊。【生】你既是我素秋。當原贈你的詩。如今在那裏。【旦】出詩卷介【唱】

林逋集註杜甫白樂天元微之唱和以詩著筒結詩案

前是醉太平因何下是太師引

【醉太師】詩筒把做璚（音瓊）瑤珍重。〔生看云〕這是我贈他的。還有他贈我的。〔旦〕就在後邊。美相銜首尾已配雌雄〔生〕我聞鬼祟善能攝人的東西。莫不是攝來的。還則是鬼。〔老旦〕狀元可憐素娘把你這詩句呵終朝作誦。看淚痕點點班紅呀錢老爺來了。〔外上〕堂中因何嘈囃聲閙哄。〔生〕正是孟博快來快來。他乃是西園鬼王小姐怎麽苦死說是謝素秋。〔外〕這是小弟不是。先作個請罪揖

怎能勾按譜作三字句

伻頭做個証明勝于秦銅鏡

纔說（揖介）其實是素秋當初若還說明。你定戀着嬌鸞雛鳳。怎能勾。搏鵾奮鵬。因此上做成機彀。把鴻鵠條籠。

（生背云）這般說。果是我素秋了只是我在南薰門車子內撞見的却是什麼人。心上只是疑惑（思介）嗄是了伻頭是他家人。只喚他進來眞假立刻就見（對外云）家裏人趙平在外。可與小弟喚了進來。（外吽）小廝分付前堂皁前慕之而不遇，後遇之而不知，此番會合直是醉夢初醒，妙妙。

隸。趙狀元家大叔趙平喚進來。（內應）（丑上）忽聞呼喚急忙來聽使令。（見介）（旦）兀的不是我家仵頭。（丑拜悲介）兀的不是我家姐姐。爲何却在這裏。（生笑）如今纔是我素秋了。我道天下美人那裏就有兩個孟博。則被你瞞殺趙汝州駭殺趙汝州也。素秋又被你想殺趙汝州也。（老旦）狀元。如今纔信老婢子麽。素娘。難得狀元堅心待你。親遞狀元一盃酒。（旦）遞酒

前是繡帶兒勿三下是醉太平鍾字是句中短韻捧字封字鳳字處多不用韻者若此曲的是作家

【唱】

【繡太平】玉鐘籠翠袖殷勤手捧。【老旦】狀元也回奉素娘一盃【生遞酒唱】寧辭滿斝回奉。【老旦】狀元你好快活也昨日個御酒黃封今宵燭影搖紅。【外】小弟也奉一盃匆匆盃盤艸艸媿非恭。【生】却不道主人情重。天色已晚告辭了。【外】今宵權在西衙一宿明日吉日小弟同拙荆送素娘到彼成親整備乘龍跨鳳西園不弱武陵溪洞。

（生）趙平你把行李發到西園。且待成親之後。

發牌到府上任。（丑）曉得。

兩兩紅粧笑相向　紫綃㦞揭芙蓉帳

淡雲輕雨拂高唐　睡覺不知新月上

翻本名紅梨為三錯認謂探訪折其錯認一也計賺折其錯認二也宦遊折其錯認三也僉題亦自有理第原本無是故不敢從

商調引子

院字宛字用平

紅字用叺絶不

拗

雛字非韻且不

成句

漢武内傳上

元夫人彈雲

林之璈歌步

玄之曲

第三十齣 永慶

【逍遥樂】（貼）瑞氣籠清曉簾捲蝦鬚庭院小歌喉宛轉鳳將雛詩傳紅葉玉出藍田樂奏雲璈

芙蓉繡褥煖融和勝事相逢喜氣多細看月輪還有意定知丹桂近嫦娥今日趙狀元與謝素娘成親相公因他客處教奴家整備酒餚花燈合巹送過西園去酒餚已備只等相公同往呀相公蚤已來也

鳳字宜平聲字亦宜用平韻後三句末俱用仄便拗

這腔調却少不得

西園結局咏梨花愈覺有情

【前腔】（外上）絕勝蓬瀛島。鳳駕鸞車初擁到。（老旦上）嬌姿一似垂楊裊。（旦上）玲瓏寶髻玎玲環珮。乘風縹緲。

（外）夫人筵席可曾完備麽。（貼）完備多時了。（外）既如此我們同送謝素娘過去。（貼）奴家怎好與趙狀元相見。（外）下官與他情若同胞相見何妨。（行介）路入桃源緲。（貼）參橫銀漢微。（旦）月尋鸞扇下。（老旦）星向鵲橋飛。此間已是西園

端字絕字俱去入声而天字用平亦一体也

了（外）花婆與我喚掌禮請狀元蚤赴佳期（老旦）喚掌禮上 熟讀周孔禮專諳秦晉歡掌禮叩頭（外）掌禮吉時已到蚤請狀元行禮（掌禮）照常念（介）

【前腔】（生）天上人間少玉樹瓊枝相映耀劉郎正是當年少仙娥窈窕雲英搗藥秦女吹簫

（外）掌禮過來狀元老爺客處在此只是交拜便了（掌禮喝拜）（外）小弟叨伯喈手足之愛荊

喈喈結男中伯喈女中素秋二語

伻頭且作大叔花婆之拜斷少不得

婦不敢避嫌。生正欲請嫂嫂叩謝。生旦外貼對拜生小弟身叨一第。姻結百年。夙願盡酬。皆吾兄嫂之賜。外狀元多才。素娘艷質。今日相逢實爲天作之合。旦對生云奴家若非花婆久已死於強暴。花婆請受奴家一拜。旦拜老旦扶云折死老娘子。生旣如此。下官到任之後再行報謝。罷了。外花婆看酒來。與狀元賀喜。外貼旦老旦送酒同唱

仙呂過曲

燒字非韻或謂是花燭交亦自有理

只一翻出本色雖詞不甚綺麗而精神煥發骨節多靈

〔一封書〕春風醉碧桃。喜風微燕雀高。璚樓啟碧霄。玳筵開花燭燒。多少佳人并才子。誰似你雙雙年正嬌。〔合〕意堅牢。海山遥。百歲和諧琴瑟調。

〔前腔〕〔生旦〕當日遇賊曹。拆東西。魂夢勞。今日締姻久要。結綢繆。漆與膠。始信卷葹心不死。夙世姻緣今世招。〔合前〕

〔尾聲〕〔衆合〕天教付與雙才貌。富貴風流都占了。那更福壽無疆樂聖朝。

終日昏昏醉夢間。朝看飛鳥暮看還。
高堂置酒催花鼓。又得浮生半日閒。

雜劇唐為傳記宋為戲文金為院本元分院本為一雜劇為一

楔子人謂如南之引曲蓋劇体止四折其有白多而用唱者常以一二小令為

紅梨花雜劇

元　張壽卿　著

正目

趙汝州風月白紈扇　謝金蓮詩酒紅梨花

第一齣

楔子

（冲末扮劉輔引張千上云）寒蛩秋夜忙催織，戴勝春朝苦勸耕。人若無心治家國，不知虫

之取義如墊棹之以木楔也

劇佈脚色止丑末副末狚狐靚鴇猱捷訊引戲凡九色实則末旦外净四人耳

鳥鳥有何情小官姓劉名輔字公弼幼習儒業頗看詩書自中甲第以來累蒙擢用今除洛陽太守某有同窻故友趙汝州離别久矣近日寄一書來說有謝金蓮者欲求一見小官在此亦不知此女何人張千我問你咱謝金蓮是什麼人（張千云）他是個上廳行首（孤云）原來如此張千我分付你趙秀才來時只說謝金蓮嫁了人也你可是恁的恁的（做打耳

至冲末旦倈
副净不過補
四色所不能
尽者故刘名
爲孤生以末
扮自是劇体

（咪科）（張千云）理會得。（末上）黃卷青燈一腐儒。九經三史腹中居。學而第一須當記。養子休教不讀書。小生姓趙名汝州。我有同窗故友劉公弼。在洛陽做太守。我先寄一封書。懇求謝金蓮相會一面。今日來到此間。只這裏便是哥哥私宅。伺候人報覆去。道有兄弟趙汝州特來相訪。（報科）（做見科孤云）兄弟別來久矣。且喜無恙。（末云）哥哥前書所求謝金蓮一見。哥哥意下如何。（孤云）張千。喚謝金蓮來。與兄弟一見。（張千云）相公不知。謝金蓮嫁了人也。（末云）如此小生告回。（孤云）兄弟你却不爲我來。且休要去。可着張千收拾後花園書房裏。兄弟暫且安下。安排酒餚。與兄弟飲酒去來。（同下）（末上云）小生趙汝州是也。不想謝金蓮嫁了人。哥哥畱我書房中安下。今日天色已晚。張千已送酒飯來。點上燈也。小生自飲

只此二語竟出几許妖嬈

元人手筆兼以江左風流

踏字作平韻

幾杯咱。（旦引梅香上）妾身謝金蓮是也。奉相公鈞旨。教我假粧做王同知女。往後花園與趙秀才相會。特來到此。梅香這裡是那裡也。（梅）這是太守家花園。（旦）這早晚多早晚也。（梅）姐姐這早晚初更時分也。（旦）好花也呵。

【仙呂點絳唇】恰纔個滿目繁華。可又早落紅飛下。春瀟灑。苔徑輕踏。香襯凌波襪。

【混江龍】則在夕陽西下。黃昏啼殺後棲鴉。看東

落筆彩雲生處之唐諸名公佳句中似此甚不多得

樂府謂此調句字不拘可隨意增減以此調按之則楊花下止用荼蘼架三字是其本調句法添入四字排句亦是一体原非隨意增減其間也

風花月幾縷烟霞暮雨有情霑杏蕋春風無處不揚花我裙拖翡翠鞋壓鴛鴦行過低矮他這箇荼蘼架我則見花穿月影草接天涯

（末）我恰纔飲了幾杯悶酒不免閑行幾步看花去（旦）見末云一個好秀才也梅香久以後嫁人呵只嫁這個風風流流的秀才（梅）沒來由嫁那秀才做甚麼他有甚麼好處（旦）這妮子是甚麼言語那

馬字宜用平

隨口轉出是家

【油葫蘆】秀才每從來我羨他提起來偏喜恰攻書學劍是生涯秀才每受辛苦十載寒窻下久後他顯才能一舉登科甲秀才每習禮義學問答。哎你一個小梅香今後休好詐秀才每把筆尚自力難加。

（梅香云）秀才每幾時能個發達（旦唱）

【天下樂】你豈知他那有志題橋漢司馬怎不教人嗔怒發是和非你心中自監察你那裡對着

常大飯却不知是絶妙好詞

此來是偷步芳塵覓阮郎只為秀才二字做此樣角起來情景亦肖

外人你端的無些禮法只管抵觸咱梅香你記着我一頓打

【梅香云】姐姐你待要嫁人沒來由煩惱怎麼便要打我我有甚麼罪過【旦】這妮子誰煩惱也【梅香云】你煩惱哩

【那吒令】【旦】這妮子我問着你呵沒些兒個勢煞這妮子道着呵將話兒對答這妮子使着呵早粧聾作啞潑賤才堪人罵再休來利齒能牙

達字作夲

吒音查怒也

我這裡你那裡乃襯字也試字作襯者誤唐吳融二句乃咼足对八字下尚宜一字姑闕

梅香。我說甚麼來。（唱）

【鵲踏枝】你可又不謙下。可又不賢達。髒定個腌臢。不艮鼻凹。臭嘴臉。渾如蠟柤直恁般性格兒謅吒。

梅香。你那裡知道秀才每事。聽我說咱。

【寄生草】我這裡從頭說。你那裡試聽咱唐吳融八〇賦。自古無人壓。杜工部五言詩葢世人驚訝。李太白一封書。嚇的那南蠻怕。豈不道聖人

之

首二句亦宜用韻如此老筆纔後人有意做則定难到此

在位撫黎民則恁賢臣宰職安天下

【末做驚見旦科云】一個好女子呵不知是誰家的怎生得說一句話可是好也【旦唱】

【後庭花】我將俏書生去問他又怕這劣梅香瞧見咱秀才也不怕有意傳心事他那裡無言指落花爭奈我是好人家惹這一場閑話也無情徃驟馬

【末云】小娘子誰家宅眷姓甚名誰【旦上唱】

此調即醉金錢曲譜作金錢兒樂府作金盞兒浣花溪即桃源洞即有此貯美人何羨金屋

【金盞兒】這秀才暢崢嶸將我問根芽妾身住處兀那東直下深村曠野不堪誇俺那裡遮藏紅杏樹掩映碧桃花兀良山前五六里林外兩三家

（末）小娘子端的是那一家（旦）妾身是王同知之女今晚因看花來到這園裏不想遇着秀才敢問秀才姓甚名誰（末）小生是太守相公的兄弟趙汝州是也小娘子既到此處同我

如此酬对何减詩壇騷社？覺有廣寒清冷氣沁入肌髓

玉梅句按《侏（？）原》作三正字

進書房中飲幾盃酒何如。（旦）既如此同到書房中攀話去咱。（做到書房科）（末）今夜相會。幾時再相會。（旦）明晚將一樽酒。一瓶花。與秀才冊禮。（末）如此小生專望。（旦唱）

【尾聲】這早晚二更過。初更罷。撲粉面香風颭颭。貪戀着情人歸去晚。露濚濚潤濕衣紗。哎。你個玉梅嗏。你覷這幾朶杏花。更一片銀河照海涯。貪和這書生對答。秀才也與咱攀話。因此上不。

知明月落誰家（下）

（末）快活快活。小生得遇這個小娘子且許我明夜再來。果若來時。這場歡喜。非同小可夜靜更闌。不免書房中假寐片時則個。（下）

第二齣

（末上）小生趙汝州是也。昨晩遇着王小姐。他說道今夜再來。天色已晩。怎的還不見來也。

（旦同梅香上）梅香。將這一樽酒。一瓶花。與那

古名占春魁高一作橫梢肖句亦宜用韻則作橫者是全曲翻出水紅花一調將此比勘自當退三舍矣

秀才冊禮去（梅）咱和你去來。（旦）風清月白。端的好天氣也。

（南呂一枝花）花稍月正高。院宇人初靜。為憐才子約嫌煞月兒明。俺忍怕躭驚俏俏的穿芳徑輕分花塢行榔陰中躡足潛踪花影裏潛潛等等。

（梁州）不離了這花陰榔影也。強如繡幃中冷冷清清想才郎沒半米兒塵俗性。他比着那謝東

三句歷考諸曲皆有如是句法譜收二字对句亦一体也

山後嗣杜工部門生潘安仁顏貌曹子建才能他生的越聰明才貌相應雖不設海誓山盟他他他端的有千種風情俺俺俺辦着個十分志誠敢敢敢成合了一世的前程對着這良宵夜景玉纖重把羅衣整露濕的繡鞋兒冷透遍園池過小亭甚失消停

（梅香云）姐姐夜深了俺慢慢的行（旦唱）

【隔尾】我爲甚直抄過綠徑慌忙併我只怕遲到

香銷被冷此際正不堪情盼的盼不到行的行不及所謂一樣相思兩下擔

藍橋淹了尾生。只這竊玉偷香的急心性。冷落了那画屏香消了寶鼎。這其間倚定鴛鴦枕頭兒等。

（梅云）姐姐可早來到也。俺和你過去。（末）小娘子來了也。（旦）秀才。妾身無甚麼禮物。只這一樽酒一瓶花兒來與你回禮。（末）小娘子。小生等得多時了也。（旦）梅香。你先回去。只怕夫人問着你。可去且支吾咱。（梅）理會的。我先回去

即玄鶴鳴本調海棠呵芣句似襯字

也（下）（旦）秀才你認的這瓶花麽（末）小娘子這是甚麽花（旦）你試猜咱（末）敢是海棠花麽（旦）

【哭皇天】待道是朶海棠呵杜子美無詩興（末）敢是桃花麽（旦）若是桃花呵怕阮肇却早共你争（末）敢是石榴花麽（旦）那海石榴花夏月開這其間未過清明（末）敢是山茶花麽（旦）若論山茶花却是冬暮景（末）敢是刺梅花麽（旦）刺梅花初開未盛（末）敢是碧桃花麽（旦）若説着碧桃花那裏

三春句是艷作奇葩全曲不妨相借然用法不同此按正調只花權柄三字神字用韻更妙

討墻外誰家鳳吹聲。〔末〕我也猜不着。〔旦〕枉將伊傒倖說與我便省。

〔烏夜啼〕這的是一朵紅梨花休猜做枯枝杏。便似那杏臉暈微醒。他三春獨掌着花權柄。枝葉兒青青顏色精神且休說四季牡丹亭。咱便休過黃花徑這花與燈。偏相稱。燈光閃灼。花影輕盈。

〔末〕小娘子既有如此好花。何不作一首詩〔旦〕

鮮花美酒才子佳人洵是四美

我單提着紅梨花作詩一首。（末）小娘子你就表白咱。（旦）本分天然白雪香。誰知今日却濃粧。鞦韆院落溶溶月。羞覩紅脂睡海棠。（末）好高才也。小生也作一詩。就寫這白紈扇奉送。換却氷肌玉骨胎。丹心吐出異香來。武陵溪畔人休説。只恐夭桃不敢開。（旦）好高才也。

【賀新郎】聽絕詩句猛然驚。早是他内性兒聰明。才調兒清正。這兩般消的人欽敬。吟咏盡風流

英字處多用仄何如平欵爲妥

两句蘊藉風流金曲將此作白不無直致

俊英。詩提着花酒爲名。花嬌如玉軟。酒色似氷清。世間花酒詩人興。酒斟金瀲灧。花列玉娉婷。

（末）對這好花好酒。又好良夜。知音相遇。豈不美哉。（旦唱）

【四塊玉】我剔的這燈焰兒光。那的這花瓶兒正。我對着這花燭人心說叮嚀。則愿的燭常明。花休卸。人休另。似花枝兒常在你眼前。這知音人存着些志誠。啫似燈花休世情。

倘若漏洩春心塤乃堂却如何抵說

（媽媽上）老身是這王同知的媽媽是也。夜深了。老夫人不見小姐。着我尋去。敢在太守家花園裡也。（做見科云）恁做的好勾當也。（旦）媽媽來了也。怎生了也。

（罵玉郎）莫不安排着消息踏着呵應他那裡怒忿忿把酒筵冲。雖然奉着俺尊堂命。（媽媽扯末科）恁做的好勾當也。（旦）怎敢緊揩住他角帶鞓。走將來尋爭兢。

起處筋字宜仄風字不宜用平

指天作証偏是爲偷漢的好張硬口

此調即楚江秋直吃二字非襯也

【感皇恩】嫣嫣。老不以筋力爲能。咱須是負屈高聲。俺賞的是上陽花。飲的長壽酒。對着這短檠燈。正是銀河耿耿。玉露冷冷。對着這一輪月。千里風。滿天星。

【採茶歌】俺從那期程。伴着這個書生。直吃的碧桃花下月三更。矮矮夫人心休硬。合該罪犯俺招成。

（旦云）我央及嫣嫣。你先回去。我便來也。（嫣）小

說到其際如何分手素秋自知將真作假何不畧畧消停如其決絶豈真有老夫人嚴命耶

姐。我先回去你便來。你若來遲呵。老夫人行我替你愁哩。（下）（旦）秀才。我回去也。（末）小姐。這一去幾時再來。（旦唱）

【一煞】你休愁我衾寒枕剩人孤另。我則怕你酒醒燈昏夢不成。佳期漏泄無乾净。慌出蘭堂。四野天如懸鏡。夜氣撲人冷。一片閒雲近玉繩。不見了銀漢澄澄。

（末）小娘子。你去了呵。着小生放心不下。倘老

绝好虚景這是影外影幻中幻

夫人有些嗔責小娘子呵。也則是爲小生來。小娘子見老夫人。善回話咱。〔旦云〕兀的不有人來了也。〔唱〕

〔尾聲〕我就將這一枝翠柳將身映秀才。你回來。〔末〕小娘子。你可有甚麼話說。〔旦〕這裏不比十二瑶臺獨自行碧河這月如鏡。粉墻底晚風淨。可也是一時間天氣有些情。原來不是人呵。可正是雲過月來花弄影〔下〕

（末）恰纔和小娘子詩詞酧和。不想媽媽走將來。把小姐喚的回去了。小姐也。只被你思量殺小生也（下）

第三齣

（冲末上）自從兄弟趙汝州來。我着他在花園裡安下、我如今待要下鄉勸農去也。只怕那秀才上朝應舉。去的忙。等不的我回來。畱下花銀兩錠。全副鞍馬一匹。春衣一套。他去時。

実出計賺似欠委曲然不明説所以令在可解不可解而後如作文者以一語撻结此正元人妙處

着張千遞送便了。(下)(末上)自從那夜。媽媽將小姐喚將回夫。並無一個信音。小姐也。幾時再能勾和你相見也。今日書齋悶坐。張千也不見來問我的茶飯看有甚人來。(旦扮三婆上)老身是賣花三婆的是也。今日去太守家花園裏採幾朵花兒。長街市上。貨賣的些錢物。養贍老身。須索走一遭去。(唱)

(中呂粉蝶兒)則爲我年老也甘貧。携着個匾籃

兒儼然厮趁賣來個及時花且度朝昏則被這牡丹枝薔薇刺將我這袖稍兒抓盡兒如今節遇三春都不如洛陽風韻

【醉春風】這蜂惹的滿頭紛蝶飜的兩翅粉原來是賣花人頭上一枝春把粉蝶兒來引引紅杏芳芬碧桃初綻海棠開噴

已來到花園裡也只得採幾朵桃花幾朵海棠幾朵竹葉幾朵碧桃幾枝嫩柳都放在這

說竹是竹說桃花是桃花說海棠楊柳是海棠楊柳執筆者如化工肖物

花籃裏呵。（末見科云）三婆婆你偷的這花兒那裏去。（旦做慌科）呀兀的不諕殺我也老身不知哥哥在此哥哥休怪也。（末）你囬來。我問你。採這竹葉兒那裏去。（旦）哥哥不爭你提這竹葉來呵。

【迎仙客】諕的我湘娥般灑泪斑你休節外把咱嗔呆答虛心兒告化折了你甚本。則爲你使損了青枝諕的慌槎玉筍。他那裏便至本從根。這

即朱履曲調

哏係平韻

葉兒又不曾傳芳信。

（末）你採這桃花兒那裏去。（旦）不爭你提起那桃花來。三婆也有一節說。（唱）

【紅繡鞋】堪笑春風幾陣。一簾紅雨紛紛。飄香流水逩柴門。親引上俺天台路。得見憑武陵人。哎。你一個阮郎直恁般哏。

（末）你採這海棠何用。（旦）這海棠花不可戀他。

【石榴花】杜鵑啼血感離情。糁點的上陽春。似嬌

按調若是他夢魂五字作一句讀非襯也

嫣然一笑竹籬間怎見得海棠無興只為少陵偶失題咏便生許多枝節

滴滴顏色酒微醺。若是他夢魂曾遇着情人。這花端的是多風韻倚東風睡足精神高燒銀燭紅粧嫩。則為他無興上惱了詩人。

【鬭鵪鶉】這花兒曾鶯燕相留更有那蜂蝶鬭引嬌似紅脂嫩如膩粉。我這裏說過的言辭。你自議論可着便自暗哂。哎你個折桂的書生放不過偷花的婦人。

【末】你要楊柳做甚麼。【旦】這楊柳三婆也有說。

不必搽脂傅粉
自是金英吐葩

〔快活三〕這栁只會在長亭畔裊暗塵陽關外送行人渭城客舍鬬清新休把我展眼舒眉恨

〔鮑老兒〕我待請去章臺上做個故人去來乘看些些栁色黃金嫩若到荒溪映着水濵枉把你個五栁先生問伴着是和風習習輕雲裊裊落絮紛紛。

〔末〕這海棠花有甚麽奇德〔旦〕這幾般花兒。都不必戀他聽三婆說咱。

係應作連璧对
前句不宜作襯

劇止四折乃於
三婆一套演弄
殊多轉棹似不
秩捷不知此正
于淡處着神元
人大约如是

〔十二月〕我和那海棠最親羡的是柳葉翠眉顰喜的是桃花噴火愛的是竹葉如雲四般兒都値的幾文則被你央煞俺窮民

〔堯民歌〕呀你去那百花園内逞精神哎你個惜花人刁蹬煞賣花人你一春莫厭買花頻咫尺園林又殘春那時節紛紛飛花滿綠茵有多少東風恨

〔末〕三婆我有一盤花看你認得麽〔旦〕你將來

只此二句便非今人所能

我看。末做取花科云兀的不是。三婆你看。旦看科云有鬼也有鬼也。末三婆見了這花。却怎生說有鬼也。你見甚麼來。旦唱

亂柳葉被這花精神諕了我魂。我這裏悒悒的把身軀兒褪。俺孩兒正青春。由兀自未三旬。被這花枝送的他縈纏身。今日個無人問。

末你這等慌做甚麼。旦惧了三婆賣花也。明日來和你說。末三婆且休去。你且說與我。旦

我説與你則休害怕（末）你説來我不怕（旦）你
道這花園是誰家的（末）這是太守家的（旦）不
是太守家的是王同知家的王同知有個女
兒爲他要看那花自家葢了這所花園到的
那春間天道萬花開綻墻外有個秀才和那
小姐四目兩覷各起春心不能結爲夫婦那
小姐到的家中一臥不起害相思病死了因
小姐爹娘捨不的他埋在這花園背後他那

一靈眞性不散怨氣不消長起一棵樹來開的却是紅梨花那小姐陰靈他近新來只纏攪的這年紀小的秀才你道我是誰（末）你是賣花的三婆（旦）我是李府尹的渾家我有一個孩兒李秀才爲那城中熱鬧也借這花園看書後到這一更無事二更悄然到那三更絶後起了一陣恠風一個如花似玉的小娘子和我那孩兒四目相窺春情飄蕩同到書

似太着跡

房中飲酒。忽起了一陣大風。小娘子便要起身。對孩兒說我無甚麼。將一樽酒。一瓶花。與你回禮。到第二晚。俺孩兒又這般等他。到那一更無事。二更悄然。三更前後那小姐引着個梅香將一樽酒。一瓶花。來與俺孩兒回禮。正在那書房中。詩詞歌賦飲酒之間被他媽媽撞見那小姐一直的去了我那孩兒不知他是鬼在那書房中。一臥不起也害相思病

那裡有鬼三婆
便是活〻鬼頭

死了〔末〕那小姐怎的模樣〔旦〕俺孩兒在時曾問他甚麼模樣怎生打扮孩兒說道

〔上小樓〕他粧梳的異樣兒新眉分八字眞口似櫻桃眼似秋波鬢挽烏雲那小姐怕不有千般兒淹潤秀才也說着呵老身心悶

〔末〕這一會兒不由的我害怕〔旦〕呸呸有鬼也有鬼也你看

〔么〕足律律起陣旋風刮起那黃登登幾縷塵正

棍字借韻

如許結句即元曲中亦不多得

是纏了俺那孩兒根毒冤魂向這裏又將待要咱親近打恁娘五十桃棍。

(末)三婆你不說我那裏知道兀的不諕殺我也(旦云)我今去了。(末扯住科)(旦唱)

(尾聲)俺孩兒一年來不得托生秀才也你三更裡撞着鬼魂俺孩兒今日個無人問艾且喜波可早有替代你生天路兒穩(下)

(末)三婆去了也怎生不見張千來(張千上)自

全曲着小人跟隨前去便覺有多少溫存

家張千的便是。我去書房中看秀才去。〔見科〕〔末云〕張千。相公那裏去了。〔千云〕相公下鄉勸農去了。〔末〕相公曾分付你甚麽來。〔千云〕相公去時。分付與我的物件。送與秀才。花銀兩錠。春衣一套。全副鞍馬一匹〔末〕旣有此物。你多多拜上相公。則今日我上朝求取功名。走一遭去。〔千云〕秀才去了也。我回相公的話便了。〔下〕

第四齣

〔孤引張千上〕老夫劉公弼是也。自從去歲兄弟趙汝州在此。不辭而去。不想今年。他攛過卷子。一舉成名。得了頭名狀元。所除在這洛陽爲縣令。是老夫屬官。今日來參見老夫。令人准備酒殽。這早晚敢待來也。〔末上〕滿腹詩書七步才。綺羅衫袖拂香埃。今生坐享逍遥福。不是讀書那裏來。小官趙汝州是也。自到京都闕下攛過首卷。一舉狀元及第。所除洛陽縣令。今日須索拜見太守去。可早來到也。報覆去道有新縣令特來參見。（報科）（做見科孤云）賢弟得志可喜可賀。張千收拾花園亭子上安排酒殽。與縣令拂塵咱。（末）不勞如此。恁兄弟纔在衙門裏飲幾盃酒也。（孤）休謊。喒去來。（末走科孤扯科孤云）將酒來。兄弟滿飲此盃。（末）小官勾了也。（做睡科孤云）縣令睡着

全曲中先将汎金喜信轉慰素秋此却不令得知竟喚承直素秋婉轉自傷損逢歡會却也倒好

了也。張千與我喚女侍來。伏侍相公。〔張〕理會的。女侍每行動些。〔旦上〕相公呼喚妾身做甚。〔孤〕女侍。你拏着前日白紈扇。折一枝紅梨花插在那扇子上。與縣令招風打扇。小心在意者。〔旦〕理會的。〔孤下〕〔旦〕妾身在此。不知俺那趙汝州在何處也呵。

〔雙調新水令〕這紅梨花依舊艷陽天。則不見那生之面。往常我樽前歌宛轉。席上舞蹁躚。生疎

即平沙落雁西廂第三句云故國懷舊恩便㧖不如淸風的爲妥

即陣陣飄飄歌曲姬字不宜用平

一作你箇天天蓋此調五七句原係二字体則天天亦如實甫妖嬈苗條句法耳

了些品竹調絃。祇候人今日個得遷轉。【雁兒落】堪宜那桂影圓。可愛那丹青面。淸風隨手生。似皓月當胸現。【德勝令】我錯猜做陳摶家裏酒中仙。我幾時得豁的這班姬腹中寃。不枉了十載寒窗下。則愿你淸名四海傳。哎你個天也波天天與人行方便。我這裏輕扇。哎你個颼風小狀元。（旦）好花呵。把一枝揷在扇上。（做揷花扇子上）

雙調須健捷激褭與曲殊称但按調宜有襯句而末韻宜平耳

少閨虞一折連却素秋茫然不審何故負心之疑所不免矣

科末見旦驚科云有鬼也有鬼也兀那婦人你是妖精鬼魅靠後靠後休近前來旦兀的不是趙汝州末你是鬼也

川撥棹旦不甫能見英賢他又道我是鬼魂靈兒在他眼前謊的他對面難言有似風顛謊的他驚急力前合後偃便有那張天師難斷遣

七弟兄噌相別了一年離情倒懸恨綿綿負心人這荅兒裏重相見初相逢看我似蕋珠仙你

纏字宜仄

煽係平韻

如今便道是鬼竈纏。

梅花酒呀。我甚恨這個狀元。我本是画閣內嬋娟。道我鬼魅相纏。今日個有口難言。我言有縫身有影。敢是你無情我無緣。甚恨這個狀元。不能似扇團圓。

收江南呀。吽吖吖又道我是鬼動煽常言道色膽大如天。諕的我驚驚戰戰口難言。請先生面言。則不如笙歌引至画堂前。

（末）兀那女子你是鬼遠着些。（孤上）縣令。你這般慌甚麼。（末）這婦人是妖精鬼魅。（孤）賢弟全然不知。聽我說與你咱。當初你寄書來。要見謝金蓮。是我分付張千。只說謝金蓮嫁了人也。因留賢弟在花園中書房裏安下。當夜與此婦人相見。他不是別人。只他便是謝金蓮。那時便着兄弟知道。只怕悞了你的功名。故說做王同知的女兒。後來又着三婆說道精臺所以賢弟進取功名去了我將這婦人收留在家今日特㕶他伏侍賢弟賢弟如何不認的他自別佳人又一年今朝着恁兩團圓他不是下方作鬼同知女正是上廳行首謝金蓮（末）哥哥只被你瞞了恁兄弟也（孤）只今日好良辰成合了恁兩口兒（旦）多謝了相公

〔水仙子〕這洛陽城裏謝金蓮好把宫花簪帽偏玳瑁筵好作瓊林宴脱白襴好將紫綬穿祗候

人又升遷。消磨了心頭悶。打迭起腹内寃。請新狀元。慶賞華筵。

〔孤〕天下喜事。夫婦團圓。殺羊造酒。做一個慶喜的華筵。

沒照應沒闌合擘頭說起驀地結煞似不宜于時目也然一種雋永之味如太羹玄酒如布帛菽粟令人于沖淡中愈咀嚼愈覺有味則非元人伎倆不能

ISBN 978-7-5010-7416-7

9 787501 074167 >

定價：140.00圓